# 赤い追憶

## 阿刀田高傑作短編集

阿刀田　高



集英社文庫

# 赤い追憶　目次

薔薇配達人……7
花あらし……16
犬を飼う女……41
白い蟹……68
女系家族……100
初詣で……130
土に還る……158
愛犬……183
爪のあと……205
二人の妻を愛した男……244
迷路……270
解説　諸田玲子……295

# 赤い追憶

Mystery

# 薔薇配達人

あなたは五十二歳。仕事一筋に生きて来たサラリーマン。若い頃は海外に滞在することが多く、結婚をしたのは四十五歳のとき。子供はいない。

趣味はゴルフ。プロ野球はジャイアンツのファン。タバコは一日に二十本くらい喫《す》う。止《や》めようと思ってもなかなか止められない。

どちらかと言えば無口のほう。自分の考えや経験について、ことさらに口外することは少ない。でも、結婚については、

「わからないものだなぁ」

独り呟《つぶや》いたことが、少なくとも三回はあった。あなたは覚えているだろうか。

一度は結婚して間もない頃。そう、六カ月くらい経《た》ってから。はっきりとよい意味だった。つまり、今までは結婚について大きな期待を抱いていなかったけれど、実際に体験してみると、思っていたよりずっとすばらしい。あらためて「わからないなぁ」と、そんな心境だった。

奥さんの名は礼子《れいこ》さん。当時三十八歳。初婚だった。身寄りはまったくない。それまでどういう生活を送って来たのか、礼子さんはあまり多くは語らなかったし、あなたも尋ねなかった。訪問販売のような仕事を生業《なりわい》としていて、

「結婚後もずっと続けたいの」

と言われ、あなたは詳しく知らないままに、

「いいだろ」

と答えて承知した。そこそこの収入のある仕事らしい、と思った。

礼子さんは生真面目で、賢い。性格も明るく、人づきあいもうまい。器量も悪くない。自分の仕事を持ちながら……これは時間的に充分融通のきくものらしく、家事万端をそつなくこなして、どちらも滞りがない。よいことずくめである。あなたが望外のしあわせと考えたのも当然だった。

あえて言えば、あなたは、

――この人、なにか信仰のようなものを持っているのかな――

と感じ、新興の宗教のようなものを想定して少し危ぶんだが、とりわけ懸念するほどのものではないらしい。あなたは安堵《あんど》の胸を撫《な》で下ろした。

しかし、三年ほどを経て、あなたは、

「結婚って、わからんものだなあ」

と、あらためて思い、呟いた。

考えてもみよう。それまでまったく異なった生活を送ってきた二人がめぐりあい、合意して一つになる。無二の仲となる。親よりも兄弟よりも親しい立場となる。英語では妻のことをベターハーフと呼び、これは本来一つであったものが、半分半分になってこの世に生まれ、今、一緒になっている、という考えを背後に背負っている。ベターと言うのは、女性に対して〝男性よりよい〟とするギャラントリーだろう。いずれにせよ、もとは一つ、という思想であり、これは日本の風俗にも、たとえば〝赤い糸で繫《つな》がれていた〟とか、似たような考え方が伝えられている。世界を旅していても珍しくない。でも、

――本当にそうだろうか――

理想であり、願望ではあろうけれど、リアリズムではあるまい。人生のかなりの部分を……とりわけあなたたちのように四十五歳と三十八歳の結婚であれば、ずいぶんと長い期間を無関係で過ごしているのだ。知らない部分がどれほどあっても不思議はない。一緒に暮らすようになっても、四六時中、心を通じ合っているわけではない。

だから、あらためて考え直してみると、なんだか相手のどの部分かに、さながら薄い膜でも張ったかのように、かすかに不可解な気配があって当然だ。あなたは自分の妻についても、それをぼんやりと感じないでもなかった。

疑いの発端は奥さんの仕事がよくわからないこと……。保険のセールスとはちがうようだ。化粧品の訪問販売だろうか。あるいは福祉関係かもしれない。

もちろん、折をみて尋ねてみた。

「保険のセールスじゃないのか？」

「ええ、前はやっていたけど」

「ふーん。で、今は？」

「訪問して、いろいろお話をしたり」

そんなことで収入になるのだろうか。

「調査か？」

「そんなところね」

詳しくは語りたがらない。

――興信所のようなものかな――

と想像した。秘密の調査なら夫にも語らないかもしれない。

あなたは自分の仕事が忙しいし、自分の仕事に妻が口出しするのを好まないし、自分のほうも細かく説明しないのだから、妻の仕事について問いただすのがためらわれた。

――べつに支障がなければいいか――

くらいの気分だった。友人知人に、

「奥さん、なにをやってんの？」

と尋ねられれば、

「うん。訪問販売かな」

と、お茶を濁していた。

けれども、ある日、これも知人の一人から、

「奥さん、花屋さんなの？」

と尋ねられて、

「えっ」

と驚いた。

「どうして？」

「いや、花を持ってマンションへ入って行くのを見かけたから」

「なんの花？」

「薔薇《ばら》の花。一本だけだった。一本じゃ商売にならないな。プレゼントかな」

「あ、そう」

わけもなくあなたは胸騒ぎを覚えた。妻が一、二本の薔薇を持って街を歩いている姿を、あなた自身も二、三度見ている。

――妻は薔薇が好きなのだろうか――

それにしては、わが家に薔薇が飾られたことがない。

——薔薇を持って、誰かの家を訪ねるのはなぜかな——

あなたは学生の頃、たまたまフランス語の授業で読んだ小説を思い出した。確かモーパッサンの〈宝石〉というタイトル。たいして裕福でもない男の妻はかわいらしくて、やさしい。唯一の趣味はまがいものの宝石を集めることだ。「本物が集められないから、これでいいのよ」と呟いていたが、妻が急死したあと、売りに出し、それがすべて本物の高級品であることがわかる。妻はどうやってこれを集めていたのか。ほのかに娼婦《しょうふ》の気配が漂う作品だった。

あなたは、

——まさか——

と、疑い、奥さんを尾行してみる。すると……薔薇を持って、あちこち訪ねている。ドアの中に入り、薔薇を置いてくることもあれば、持ち帰ることもある。プレゼントを持って男性の家を訪ねて……と想像したけれど、少しちがう。納得がいかない。絶対にちがう。訪ねる先が女性の場合もあるのだから。

「薔薇を持って、南町《みなみまち》の家を訪ねるのを見たぞ」

「あら、そう」

「知った家なのか」

「ええ」

あなたは妻の表情に狼狽《ろうばい》が走るのを見た。

その二日後、くだんの南町の家の前を通ると〝忌中〟の札が貼ってある。

――不幸があったのか――

と眺めたが、深くは気に留めなかった。

たまたまこの日は知人からもらった切符で、妻と一緒に芝居を見に行く約束だった。そう言えば、モーパッサンの小説では、かわいらしい妻はよく一人で芝居を見に行っていた。当初は夫も同伴したが、夫は退屈なので断るようになっていた。それが妻のビジネスの時間に当てられていたらしい。そんなことをあなたは思い出しながら、自身のいとしい妻と一緒に〈夕鶴《ゆうづる》〉という芝居を見た。あら筋は鶴の恩返しである。農夫に命を助けられた鶴が、その男の妻となり、望まれるままに自分の羽を織って、すばらしい反物を作る。機で織っているときは「絶対に見ないでください」と言われていたのに、男は覗《のぞ》き見て妻の正体を知る。正体を知られた妻は鶴となって飛び去ってしまう。芝居はこんなストーリーに愛と自然保護のモチーフを籠めている。あなたはおおいに感動した。

が、妻は、

「どうして、この芝居に誘ったの？」

「うん、いい芝居らしいから」

あなたは答にならない答を呟いた。もっと親切であったほうがよかったのに……。わけもなく話題を変え、

「南町の、この前、あんたが訪ねた家、お葬式をやってたぞ」

「あら、そう」

夜道ではあったが、妻の驚愕《きようがく》がわかった。

その翌日遅く、あなたは会社から帰って置き手紙を見る。

〝お世話になりました。お別れします。どうか捜さないでください。とてもしあわせでした〟

と短い文面だった。あなたはこのときにも、

「結婚ってわからないものだなあ」

と呟いたはずだ。

それからのことは、あなた自身がだれよりもよく知っている。奥さんの行方を捜したが見つからなかった。二年経って、見つかりそうになったが、あなたは〝捜さないでください〟という願いを守った。それよりもなによりも、あなたが病床に就いてしまった。

病院で六カ月、いくつもの検査をされ、手術を受け、さらに病状は悪化し安静を余儀なくされた。痛み止めには催眠作用があるらしい。眠っているベッドにだれかが近づい

て来る。夢なのか、まことなのか。

——ああ、礼子だ——

おぼろな意識であなたは思う。しあわせだった歳月……。そのことを伝え、ほほえんでやりたい。事実、あなたはほほえんだかもしれない。礼子が枕辺に一輪の薔薇を置いて立ち去る。

あなたはもう気づいているはずだ。

——妻は薔薇配達人なのだ——

ヨーロッパに古い言い伝えがあるらしい。花の配達人は死の国に雇われ、死すべき人に薔薇を届ける。死の国の儀礼として。合図として……。配達人は正体を知られたら、今までの生活は続けられない。〈夕鶴〉の鶴と同じように。

首尾よく薔薇をわたすことができれば病人は安らかに旅立てる。拒否すれば苦しむ。

あなたはいつ、この事実を知ったのだろうか。

苦しみが急に遠くなった。

# 花あらし

圭介《けいすけ》は笑顔の優しい人であった。

色白の少年のような顔立ちに深い笑窪《えくぼ》がよく似合う。けっして大きな笑いではなかったけれど、静かな笑いの中にいろいろなものが含まれていた。喜び、思いやり、ユーモア、諦め……とても凡庸な言葉では言い尽せない。圭介の人柄そのものが凝縮されていたと言ってよい。わけもなく好ましかった。

二十年前、知り合って親しさが少しずつ募っていくさなかで葉子《ようこ》は、

——一生この笑顔が見られるなら、私、いいわ——

結婚の決め手がそれであったと言っても、あながち言い過ぎではなかったろう。さらに深く知ってみれば圭介は笑顔の通り優しくて、人柄に深いものを含む人だった。

そんなすばらしいものが簡単に消えてしまうなんて……この理不尽は許せない。ひど過ぎる。葉子は何度もそう思った。本当に家の柱に拳を当て、床を叩《たた》いて、どれほど恨んだかわからない。やり場のない怒りだった。

理不尽への恨みは今でもずっと胸の中にわだかまっているけれど、その一方で、

——やっぱり、そうなんだわ——

奇妙に納得してしまうところもある。その心理をどう説明したらよいのかしら。

あえて言えば……圭介の人柄のよさは尋常ではなかった。普通の人のレベルを超えていた。ただのお人好《ひとよ》しとは全然ちがう。人間として上等なのだ。どこがどうちがうのか、うまくは言えないけれど、十数年一緒に暮らして葉子はそう断言して憚《はばか》らない。

だとすれば、ちょうど並外れた天才が長い命をまっとうできないのと同様に、並外れた性格のよさも普通を超えているがゆえに平凡な寿命を与えられないのとちがうかしら。そうとでも考えずにいられないほど圭介の死はあっけなかった。四十余年の生涯は、さながら花に吹く風のように短く走り抜けて消えてしまった。

一介のサラリーマン、生真面目なエンジニア。特筆大書するほどの社会的功績などありやしない。子どもにも恵まれなかった。ただ妻を愛することにおいてだけ圭介は輝いていたのではあるまいか。

もちろん葉子は、そんな生き方にどんな勲章よりすばらしい敬慕を贈りたい。「あなた、ありがとう」と、心から告げたい。圭介の早世は悲しくて、くやしくて、どうしようもないほどせつないけれど、平凡な男と五十年を暮らすより圭介との二十年のほうがずっとすばらしい。だから、

——神様はやっぱり公平なんだわ——

と葉子は思わないでもない。

今にして思えば、圭介の笑顔は自分の命の短さについても、

——そうだよ、そうなんだよ——

と、全てを知っていたような気配を漂わせていた。そんな気がしてならない。

とはいえ、当人はやっぱり無念だったろう。

会社の健康診断で病気を宣告され、六カ月で逝ってしまった。坂道を下るように衰弱に向かい、日毎《ひごと》に募る苦痛に苛《さいな》まれた。闘病のくさぐさなど思い出したくもない。辛《つら》いことばかりだった。葉子は病名を隠していたけれど、当人は死病であることを知っていただろう。

とすれば……圭介は、人間の死を、

——どう考えていたのかしら——

慮《おもんばか》りのない人ではない。なにかしら考えがあったろう。

まだ充分に元気で、忍び寄ってくる死の気配など少しも考えなかった頃……そう、近所の川で精霊流しをやっているのを眺めたあとで圭介が、

「死んだ人って戻って来ないんだよなあ」

しみじみと呟《つぶや》くのを聞いて、

「ええ？」

と驚いた。

「一回くらい戻って来たって、いいよな。ある日、突然〝今日は〟なんて」

「怖いわ」

「怖かないよ。親しい人だもん。〝みんな元気？　俺も向こうでボチボチやってるよ〟なんて、そのくらいの乗りでな」

「だれかいるの？　戻って来てほしい人？」

「いや、今のところいない。親父《おやじ》くらいかな」

「お義母様《かあさま》は？」

「お袋？　ものぐさだったから、どうかな」

「おもしろいかもね」

あのときはなにげなく話していたけれど、圭介の心中にはなにかしらイメージがあったのかもしれない。そのせいかどうか、死の二日前、

「一度会いに来るよ」

突然呟くものだから葉子はすぐには意味がわからなかった。譫言《うわごと》かと思った。

「だれが？」

圭介は細く、ゆっくりと答えて、

「死んでから。少し落ち着いた頃にな」

今度は意味がわかった。

「変なこと、言わないでよ」

圭介は眼《め》の動きで首を振り、

「会いに来るから」

と繰り返し、いつもの笑顔で短く笑った。頬は灰色にまでくすんでいたが、表情には一瞬力強いものが浮かんで消えた。

「やめて」

葉子が諭すのを聞いたのかどうか、眼を閉じ、しばらく経《た》ってから、

「桜が咲いている」

よそごとを言う。脳裡《のうり》にそんな風景を宿していたのだろう。その夜から昏睡《こんすい》が始まった。

桜は圭介の大好きな花だった。ほの白く静かに咲いているさまは、圭介の笑顔に通じている。生涯そのものが薄色に咲いて風に消え、桜花のはかなさによく似ていた。

詩歌のたぐいにはうといエンジニアだったけれど、西行《さいぎょう》の辞世の歌だけは知っていた。鎌倉時代の僧もこよなく桜を愛していたらしい。

「葉ちゃん、知ってる？」

確か知人の葬儀からの帰り道だったろう。

「なにを？」

「願はくは花の下にて春死なむそのきさらぎの望月《もちづき》の頃」

いつもとちがって照れるように笑った。

「知ってるわよ。西行でしょ。学校で習ったもん」

「同じ教科書だったんかな。でも、きさらぎって二月だろ」

「旧暦でしょ」

「もっと遅いわけか？」

「一カ月遅れじゃないの。今なら三月かしら」

「三月でも満開は珍しい」

「東京じゃなく、もっと西のほうよ。吉野山《よしのやま》なんか麓のほうから順々に咲くって言うじゃない」

「そうか。安心した。いいね、この歌は」

「あなたも桜の頃がいい？」

「うん。願はくは……」

と言い、もう一度、

「願はくは花の下にて春死なむそのきさらぎの望月の頃」

と詠じた。

圭介の死は一月の末。如月《きさらぎ》でもなく、桜の季節でもなかった。実人生はそこまでうまく平仄《ひょうそく》が合うわけではない。

葬儀を終え、四十九日の法要を済ませ、一周忌が過ぎれば〝去る者日々に疎し〟の譬《たと》え通り死者は確実に生者の日常から遠ざかっていく。関係者の意識から薄れていく。

葉子の心にだけ残った。

とはいえ葉子の毎日も忙しい。短大で速記を習い、以来ずっと編集速記の仕事に就いている。昨今はさまざまな事務機器が登場して、

「速記なんて先細りじゃないの？」

と言われるが、そんなこともないようだ。記録の手段がどう変わろうと、最後は文字にして文書を作成しなければならない。それが通例だ。内容を整理して文字にするためにはどうしても人間の能力が必要となる。経験と才覚がものを言う。

注文に応じて働く自由業だが、それだけに忙しいときは滅法忙しい。急な仕事が飛び込んで来て、

「大至急。明後日《あさって》までに……」

などと無理を言われる。徹夜もあるけれど、ひまが続くときもある。つまり、仕事は

まだら模様。忙しさとひまが交互にやってくる。

——まあ、よかったわ——

当然のことながら夫に先立たれたあと、手に職を持っていれば心強い。葉子の場合はとりわけラッキーだった。忙しいときは、もう本当に手いっぱいで、ほかのことに気をまわすゆとりがない。寂しさを忘れることができる。圭介を思い出すのは、

——この仕事が終わってから、ゆっくり、ねっ——

後の楽しみにして毎日の生活にリズムをつける。まったくの話、なにかの弾みで家の外に足音などを聞いたときには、

——帰って来たのかしら。ご飯、どうしよう——

らちもないことを思い、次の瞬間、

——ああ、それはもうないのか——

苦笑して、やるせなさを覚えることはよくあったけれど、そんな寂しさにもいつしか馴染《なじ》んでしまう。そうして寂しさ自体がだんだん薄くなる。

——それも厭《いや》だわ——

と、ひまなときには圭介の古い手紙やアルバムを引き出して、整理して、あんなことこんなことと意図的に思い出を心に定着させることに努めた。その一方で、

——自分独りで生活を享受する道も創らなくちゃね——

これもまた意図的に美術館へ行ったり、気の合う友だちに会って談笑に興じたりした。

仕事仲間の織田《おだ》さんは葉子より三年も早く夫を亡くした。言わばこの道の先輩だが、最近、若い恋人を作ったらしく、

「このあいだ、初めて家に遊びに来てもらったのよ、マイ・ボーイに」

と、のろける。

「いいんじゃない、若返って」

これは断じて皮肉ではない。

織田さんは万事開けっぴろげな人だから、少しも遠慮することなく、

「そうなのよ。そうしたら位牌《いはい》がカタカタ鳴って……ベッドが揺れるもんだから」

すぐにはなにを言われたかわからなかった。

「えっ？」

「〝やきもちやくんじゃないの〟って位牌をうしろ向きにしたけど、やっぱり気になるじゃない、カタカタは。押入れの奥に封印しちゃったわ」

思わず知らず葉子は頬を赤らめてしまった。

葉子の家の仏壇は静かなものである。伊豆《いず》沖地震のときは世田谷《せたがや》区も震度3を記録して、

カタン

と鳴ったけれど、

「わが家は安心よ」

むつかしい漢字を並べた居士どのに笑いかけ、織田さんちの珍事を話してあげた。圭介も葉子の日常について楽しいこと、おかしいこと、あれこれ聞きたいだろう。それがいつものことだったから。

こうして日時の経過が早いような、遅いような、少なくとも一緒に暮らしていた頃とは異質なものを感じながら葉子は毎日を送った。


三月。寒気もようやくゆるんで、明日から彼岸入りという朝、うらうらと明るく空の晴れるのを見て、

――行ってみようかしら――

と、葉子は墓参を思い立った。

墓は調布《ちょうふ》市の郊外にある。去年の夏、共同霊園の一画を購入し、赤茶色の花崗岩《かこうがん》を積んで造った。墓石の表面には〝愛〟と一字だけを刻んだ。土地が狭く、唐櫃《かろうと》も小さいが、まあ、圭介と葉子の二人分、不足はない。周囲に満天星《どうだん》と紅葉《もみじ》の樹《き》を植えた。気ままに訪ねて、ゆっくりと眺めたい。話しかけたい。

一周忌のときは、夫の親戚や友人などの応対に気を遣い、せわしなかった。彼岸に入

れば霊園は混雑するだろうし、その頃には速記の仕事が入っている。忙しくなる。

京王《けいおう》線の飛田給《とびたきゅう》で降りバスに揺られた。

墓の管理を委ねている茶屋に立ち寄り、掃除の道具を借りて霊園の門を潜《くぐ》った。新設の墓地は整然と区画され、殺風景と言ってよいほど小ぎれいだ。どこからか沈丁花《じんちょうげ》の香りが飛んでくる。桜はまだ早い。辛夷《こぶし》の白い花が散り始め、黄ばんだ花弁を参道に落としていた。

人の姿は……見えない。わざわざ彼岸の前日を選ぶ人はやはり少ないのだろう。

墓地を割って通る道はまっすぐに伸び、細いながら見通しがきく。いろいろな墓を見物しながら歩いた。春の風がここちよい。冬の寒さは辛いけれど、そうであればこそ春の息吹がすばらしく感じられる。四季の変化がいとおしい。一年中、まるでノッペラボウみたいに同じ気候だったら味気ない。

歌でもくちずさみたい、と思ったとき、

——あら——

と訝《いぶか》ったのは、遠くで鮮明な青の色が揺れたように見えたからだ。

——だれかがいる——

鮮かなコバルト・ブルー。墓地の色彩とはちがっている。山野にある色でもない。男の人らしい。背広を着ている。その下のシャツがコバルト・ブルーなのだ。

それよりもなによりも、

――うちの墓かしら――

そう見えるが、隣かもしれない。

葉子は足を速めたが、ブルーのシャツはもう墓参を終えたらしく、左手に曲がる道へと去って行く。うしろ姿が消え、あとにはだれもいない。歩み寄り、

「あなた、来ましたよ」

墓石に声をかけ、それからあらためて首を伸ばして遠くを捜したのは、圭介の墓に真新しい花が供えてあるから……。両隣の墓は、さらにその隣の墓も、みんな古い花が萎《しお》れたまま花入れに立っている。

――今の人かしら――

ほかには考えにくい。ブルーのシャツが圭介の墓を訪ねて花を置いたのだ。情況がそう告げている。

――だれかしら――

すぐには思い当たる人がいない。

面差が確認できる距離ではなかった。遠い姿ではだれとは判じられない。

多分、葉子の知らない人……。わけもなくそんな気がする。それに……これもなんとなくそんな気がするだけなのだが、向こうは葉子に気づいて立ち去ったように思えなく

もなかった。

が、葉子の姿を認めたのなら、待って挨拶くらいするのが普通だろう。

――変なの――

いったんは首を傾《かし》げたが、さらに考え直し、向こうは葉子に気づかなかった、と、この可能性も否定できない。

「ねえ、どなたがいらしたの？」

墓に問いかけながら掃除にかかった。満天星の上に散った病葉《わくらば》を払い、枯葉を通路に集めて火をつける。その火を線香に移す。ブルーのシャツを着た人は花束だけを持って訪ねて来たのだろう。掃除の用具は持たず、当然掃除はしなかった。

いずれにせよ行ってしまった人を、あれこれ推測しても仕方ない。葉子は気を取り直し、

「あのね」

きれいになった墓の前に立ち、線香の煙を受けながら呟きかけた。ほとんど声にならない声で話した。

「道枝《みちえ》さんて人、知らないわよね。彼女もご主人を亡くしたんだけど」

例の、開けっぴろげの織田さんとはべつな人だ。同病あい憐《あわ》れむのか、似たような境遇の者が集ってしまう。

「小さいお子さんが三人もいるのよ」

今日はぜひとも墓前でこれを話したいと思って来たのだ。

「このあいだコーヒーを飲みながら二、三人でお喋《しゃべ》りしていたのね。なんとなくお化けの話になったら、道枝さんたら急に唇を尖《とが》らせて〝冗談じゃないわよ。私のほうがウラメシヤーって、あの世に化けて出たいくらいよ、三人も預けられて〟ですって」

独り含み笑いをしてから、

「そうよね。私もウラメシヤーって、あなたのところへ出て行きたいわ」

涙が滲《にじ》んだ。

恨めしいことは確かに恨めしいけれど、涙の理由は、

——以前にはよく、こんな馬鹿らしいこと話しながら笑ったわね——

と、その懐しさのほうだったろう。

しばらく佇《たたず》んでいたが、らちもない。

「また来るわね」

踵《きびす》を返し、また振り返って手を振り、思い切って背を向け早足で歩いた。

霊園の出入口まで来ると、右手の木々の繁《しげ》みから男が現われ、ジャケットの下は鮮かなコバルト・ブルー。最前の男であることは疑いない。葉子は探るように視線を滑らせ頭《こうべ》を垂れた。

男も首を垂れ、

「田川《たがわ》さんの奥様ですね」

と言う。

「はい。田川でございますが」

「私、富里《とみさと》と申します」

「はい？」

「ご主人の後輩で、研究所でお世話になりました。ずっと海外に出てたものですから、なんにも知らずにおりまして……。また明朝、成田《なりた》から発《た》つんです。その前に……」

「市ヶ谷《いちがや》の研究所で？」

と、圭介の最後の勤務先を告げて問い返した。

「いえ、今は出向中で」

朴訥《ぼくとつ》な感じ。田舎くさいといってもよい。コバルト・ブルーは海外の色かしら。

「ご丁寧にありがとうございます」

圭介はけっして親分気質《かたぎ》ではなかったけれど、周囲のだれに対しても思いやりが深かったろう。職場でも人望があったにちがいない。圭介のほうではさほどの好意と思わなくとも、それを受けた後輩がありがたいと感謝するケースは充分にありうる。圭介の死を知って遅ればせながら密《ひそ》かに弔意を示しに来る人がいても怪しむに足りない。富里という名を葉子は一度も聞いたことがなかったけれど、夫の性格から考えて、こんなこともあるだろう。富里はたまたま帰国して圭介の死を知り、

——お墓参りくらいしなくちゃ——

この人にはこの人なりの理由があったにちがいない。墓のありかなど会社関係を尋ねればすぐにわかる。

「まだお若いのに。残念でしたねえ」

「突然でしたから」

二人並んで霊園を出た。

門のかたわらに桜の古木があって蕾《つぼみ》が膨らんでいる。富里はちょっと仰ぎ見てから、

「田川さん、桜がお好きでしたね」

「はい……」

と葉子は口籠った。

それを知っているのは、かなり親しい間柄かもしれない。相手も葉子の心の動きを察したのか、

「中原町《なかはらまち》の中学で一年後輩だったんです。卓球部でたっぷりしごかれました」

「ああ、そうなんですか」

中原町は圭介の生まれ故郷である。葉子は訪ねたことがないけれど、圭介がそこで少

年時代を過ごしたことは聞いていた。確か高校のときに圭介は故郷を離れ、中原はゆかりの薄い町になってしまったらしいが、職場で偶然同じ町の出身者に会えば親しみが増すだろう。圭介が卓球をやっていたのも本当だし、温泉場の卓球場では文字通り〝昔とった杵柄《きねづか》〟で、群を抜いてうまかった。

「周囲は畑ばっかりで、なんもない町ですけど、近くの山に一カ所だけ桜が咲くんです。山一面が桜の色になって……」

「あ、本当ですか。春はきれいでしょうね」

「いえ、まだ早いです。お袋がいるんで昨日まで帰ってましたが」

「お父様は？」

「とうに亡くなりました。お袋が妹夫婦と住んでいて」

久しぶりの帰国で母親に会いに行ったという事情らしい。

「里帰りをなさったんですのね」

「はい。観光の名所じゃないから土地の者しか知らないんですけど、山ひとつが全部桜で白くなるときは、ちょっといいんです。田川さんは、それが好きで、いつもおっしゃってましたから」

「そうなんですか」

聞いたような気もするけれど、はっきりとは覚えていない。

「まだ咲いてませんけど、一応山に登ってみたんです。中腹に地蔵堂があって、中のお地蔵さんが田川さんそっくりなんですよ。そっくりの笑顔で笑っているんです」

葉子は足を止めた。

「本当ですか」

「はい。一昨日《おととい》行ったら〃お前、墓参りくらい来いよ〃って……」

それが今日墓前に足を運んだ直接のきっかけだと言うのだろうか。葉子はそれどころではない。胸苦しさを覚えた。

「似ているんですか、そんなに？」

「はい。いらしたらいいですよ」

「中原町の郊外……ですか」

確か八王子《はちおうじ》の先だ。日帰りで行けるところだ。

「はい。すぐわかります。小さな町ですから。中原駅の東口で降りてバスで浄水場まで行くんです。中原大橋を渡って、あとは畑の中の一本道です。次のちっこい橋を渡ると登り道になりますから。かなり急ですよ。やっぱりスニーカーなんかがいいんじゃないでしょうか。二百メートルくらい登って見晴らしのいいところに地蔵堂があります」

懇切に教えてくれた。

「山の名前、あるんですか」

「稲見山《いなみやま》って呼んでます。昔、稲の実りぐあいを見たんじゃないでしょうか」

葉子は頭に刻み込んだ。

話し歩くうちに墓を管理する茶屋の前まで来ていた。富里はタクシーを待たせているようだ。明朝の出発なら、今日中に済ませておきたい雑事がほかにもあるだろう。

「本当にご丁寧にありがとうございました」

「どうぞお気を落としにならないように」

富里はチラリと時計を見て、あたふたとタクシーに乗り込む。急いでいるらしい。寸暇をさいて、そっと別れを告げに来たのだろう。参拝のあとすぐに帰ろうとしたが、自分のあとから来たのが田川の妻らしいと気づいて少し待って声をかけたのだろう。

葉子は腰だけ折って首を上げ、タクシーの窓に映るブルーのシャツを見送った。

それから茶屋に入り、帚《ほうき》と手桶《ておけ》を戻し料金を支払って帰路についた。

このところ何度か行き来をした道だ。ほとんど無意識のままバスに乗り、電車に揺られ、思案に耽《ふけ》った。

――こんなことって、あるのかしら――

あらためて何週間か前に見た夢を思い出してしまう。

その夢は……男が一人で木を彫っている。うしろ姿で、圭介らしいとわかった。

「なにを彫っているんですか」

葉子が他人行儀に尋ねると、

「桜です」

トンチンカンのことを答える。削っているのは桜の木らしいが、そんなことを尋ねたわけではない。さくさくと彫られて木は人の顔になる。

「仏像ですね」

男は振り向いて笑った。

圭介ではない。

が、仏像のほうが圭介の顔になっている。いつもの笑顔で笑っている。

そこで目がさめた。少しの間、うれしかった。とても懐しかった。

――あの笑顔――

大好きなものをまのあたりにした喜びだったろう。

――でも変な夢――

夢というのはたいてい変なものだから、気にもかけず忘れていたが、富里という男に会って話を聞いてみると、奇妙に符合するところがある。

圭介は死の直前に「会いに来るよ」と言っていたではないか。最後には「桜が咲いている」と呟いたではないか。いまわの脳裡に映ったのは遠い故郷の風景、稲見山の桜ではなかったのかしら。きっとそう……。

——その桜の山に圭介そっくりの仏像があるなんて——

足を運ばずにはいられない。

すぐにでも訪ねたかったが仕事の忙しさが続いた。そのうちにあちこちから花の便りが届く。

——桜が散っちゃうわ——

どうせなら圭介が見た花の山を満開の姿で眺めたい。四月に入った昼さがり、青空を確認し、いそいそと家を出た。スラックスにスニーカー。八王子で乗り換え、中原駅で降りた。東口でバスに乗り込み、町営の浄水場まで。中原大橋はすぐにわかった。

橋は長いが川幅は狭い。河川敷が広く、そのぶんだけ長い橋をかけなければならなかったらしい。正面に桜の山が見える。稲見山だろう。鉢を伏せたような小さな山だ。背後の山が灰緑色を帯びているのに対し、稲見山だけがほの白くぼやけて映っている。

里の桜はもう散っていた。山の桜も散りかけている。畑中の道を急いで二つ目の、小さな橋を渡った。

——あとは一本道——

急な山道を登った。

胸が苦しい。上り坂のせいもあるが、ときめいてもいる。

——恋人に会うみたい——

いや、恋人よりもっと会いたい人なのだ。そっくりの顔を見たら、どうしよう。

花の中に地蔵堂が見えた。走りたいけど息が上がってとても走れない。滑りやすい坂を這《は》うようにして登った。

山の中腹に突き出した岩場。見晴らしのよいところ。朽ちかけた地蔵堂だ。正面にまわり、

「今日は」

格子戸の中を覗《のぞ》いた。

ほとんど等身大の……お地蔵さん。薄暗い中に顔があった。蜘蛛《くも》の巣を払い、首を伸ばし、

——なんで——

狐《きつね》につままれたような……と言えばよいのだろうか。

とっさに考えたのは……葉子の心をよぎったのは、

——あの人、変だったわ——

富里という男の人柄に対する疑いだった。

どこかちぐはぐだった。名刺もくれなかったし、フルネームも告げなかった。子会社へ出向しているような話だったが、それがどこなのか教えてくれなかった。ただ故郷の

中学校で圭介の一年後輩、同じ卓球部に属していたことだけ……。急いでいたのかもしれないけれど、はっきりしない事情が多過ぎる。

——からかわれたのかしら——

でも、なんのために？　からかわれる理由が思い当たらない。それに……稲見山の中腹に地蔵堂が建っているのは嘘《うそ》ではない。

葉子はもう一度仏の顔を凝視した。

——似ていない——

全然ちがう。圭介の笑顔は、断じてこれではない。似ても似つかない。

何度見直しても、この判断は変わらない。これが似ているなんて……富里という人の目がヘンテコとしか言いようがない。わるいけれど仏像は月並な笑いを口もとに浮かべているだけだ。

それでも一応は手を合わせて拝み、鼻白んだ気持のまま坂を下りた。

もちろん〝似ている、似ていない〟は主観に属する判断だろう。でも、それを考慮に入れてみても、

——ちがうわ——

あれが似ているなら、笑った仏像はみんな似ていることになる。

——昔は似てたのかしら——

風雨に侵されて朽ちたとしても、とにかく目鼻唇が残っているのだから表情がまるで変わるとは思えない。それとも若い坊主頭の圭介が、仏像のまるい頭と似ていたのだろうか。少年たちが遠足に来て「先輩の薄笑いに似ている」なんてからかわれ、噂《うわさ》になったのかもしれない。

でも、やっぱりわからない。合点がいかない。

もう太陽は西の空に落ちて夕べの気配が漂い始めていた。暮れなずむ空を鳥たちが群れを作って塒《ねぐら》へ帰って行く。あたりは葉子の知らない作物を植えた畑ばかりで人家は疎《まば》らである。小さいほうの橋のたもとまで来ていた。

——なぜ——

と訝るほど人の姿はなく、静寂が周囲を満たしている。一瞬、怪しい気配を感じた。それを確かめるより先に、

「葉ちゃん」

背後で呼ばれたように思った。知り人のいる町ではない。この呼び名で呼ぶ人は限られている。圭介の声だ。

振り返ったが、だれもいない。そのまま小さい橋を渡りきったとき、

「葉ちゃん」

もう一度呼ばれた。遠くから……しかし今度ははっきりと声が聞こえた。

葉子は体をまわし、視線を遠くへ伸ばした。

白い花の山。桜の色を帯びて膨らんでいる。その中腹に、そのまん中に、

「あなた！」

圭介の笑顔があった。

山いっぱいに懐しい笑顔が映って微笑《ほほえ》みかけている。

葉子は我を忘れて走った。いま来た道を戻った。息苦しさに耐えきれず、足を止めて、

ただふり仰いだ。

頬に強い風を感じた。

「駄目よ」

夢中で叫んだ。

山中にも風が立ったらしい。たちまち花吹雪が山を覆う。笑顔はボウと消え、あとは

ただ渺々《びょうびょう》たる花の白い乱れである。

# 犬を飼う女

まず初めに遠藤信子《えんどうのぶこ》四十二歳には、病的と言ってよいほどの夢想癖があった。なにかのきっかけで突然イメージが心に浮かんで動きだす。どれが現実で、どこまでが空想か、彼女自身にもよくわからない。まして周囲の人には、よほど事情につまびらかでない限り、話を聞いただけでは区別のできようはずもなかった。

住まいは豊島《としま》区の古い、古い公営アパートの一郭、三階建ての二階奥である。アパートの壁面は薄汚れ、ところどころに黴《かび》が生え、ひび割れが走っている。鳥の巣まである。築後五十年くらい……。

しかし、よほど頑丈に建てられたものらしく、目下のところ骨格には揺るぎがない。廊下も階段も幅広く、がっしりとしている。各家の扉は鉄製で重く、いったい設計者はいかなるイメージで人間の住む家を造ったのか、ガシーンと鈍い響きをあげて扉が閉じるときには、外界との遮断を痛切に感じさせてやまない。まるで中世の牢獄《ろうごく》みたい……。固く鎖《とざ》して中の生活を漏らさない。そんな印象が漲《みなぎ》っている。とりわけ遠藤信子の生活ぶりは外から知るのがむつかしかった。

「どういう人なの？」

「さあ、ねえ」

わかっているのは、このアパートの一番古い住人であること。大学の図書館に勤めているらしいこと。

大学の図書館がどんなところか、実際に知っている人は少なかろうけれど、思い浮かぶのは陰気な書庫、ひっそりとした閲覧室、不機嫌な顔つきの司書たち、けっして明朗な雰囲気ではない。ひたすら陰気に淀《よど》んでいる。それがわけもなく遠藤信子の人柄にふさわしい。閉鎖的で、人づきあいが下手くそでも、なんとか勤まりそうな職場ではないのか。

近隣の噂《うわさ》では……と言っても遠藤信子のことが噂にのぼるのはそう多くはなかったけれど、

「ずっと独りなんでしょ？」

「そうなんじゃない」

「人が訪ねて来たの、見たことないわ」

「見張ってるのか？」

「まさか」

「じゃあ、わからん」

信子の部屋はL字形に曲がった廊下の一番奥にあって、ほかの部屋から孤立している。人の出入りがあっても気づかれにくいのは本当だが、

「でも、あの感じじゃ、男性関係は無理みたい」

「あははは。とにかく結婚は無理だな。名前がよくない」

「あら、どうして？」

「縁遠……い」

「ほかの遠藤さんにわるいわよ」

「まったくだ」

遠藤信子が家の中でどんな生活を営んでいるかは知るよしもなかったが、家の外のこととなると、一つだけみんなが気づいていることがあった。少し奇妙な習慣だが、毎度のことなので、ニュース・バリューは低い。だれしもが、

——またやってる——

見慣れた風景の一部くらいにしか考えていない。ほとんど忘れている、と言ってもよいだろう。

それは……信子の部屋の窓だけが北側に面していて、窓の下に空き地が広がっている。空き地のすみに欅《けやき》の大木が一本立っていて、その下にだれが置いたのか、古いベンチが

ある。信子は時折そのベンチの上にバスタオルを敷いて坐《すわ》っているのだ。ほとんどが夜。影法師みたいにうずくまっている。彼女の視野の赴く先に自分の部屋の窓がある。白く、四角く、大きく映っている。

「映画を見ているつもりらしいわよ」

「野外映画か。昔、あったよなあ。田舎の小学校のグラウンドなんかで」

「知らないわ」

「このごろはやらんだろう」

「ええ……」

「映画を見てるつもりなら、それもいいんじゃないのか。無料だし」

この話の出どころが信子自身の口なのか、それともだれかの入念な観察の結果なのか、事情はわからないけれど、おおむね的中していた。

信子は白い窓を見上げる。しばらくはなにげない様子で眺めているが、そのうちにぶつぶつと喋《しゃべ》りだす。心の中のイメージが動きだし、だれかに話しかけ、ストーリーが流れ始めるのではあるまいか。

アパートに住む人の中には、壁の角に隠れて、そっと聞き耳を立てる閑人《ひまじん》がいないでもない。

こうした私的な課報員《ちょうほういん》の報告によると、信子の囁《ささや》きは、

「生まれたときから、ずっと犬を飼っておりましたのよ。家の敷地が広かったから、どんなに大きな犬でも飼えましたの。そりゃ、犬は大型犬のほうがよろしいわ」

「あら、どうして？」

一人で、二役をこなす。長く聞いていれば、犬だって登場して喋りだすのかもしれない。

「大きな犬は性格がいいわ。飼い主を守ろうって、そういう心掛けがありますのよね。子どものころに飼っていたジョンは、セント・バーナード犬でしたけれど、それはもう、私に忠実で、裏切ったことなんか一度もありませんでしたわ。私がいじめられていれば、すぐに走って来て守ってくれたし……ジョンは本当に頭がよろしかったの。その点、小さい犬はキャンキャンうるさく吠《ほ》えるばかりで、ほんと、私、一度だけスピッツを飼ったことがありましたけれど、やきもちがひどいし、自分勝手だし……。イギリス大使のパーティーに招待されましたとき〝今夜はおとなしくお留守居しててね〟って、朝から言い聞かせておりましたのに、私がちょっと美容院へ行っているすきに、掛けておいたドレスに、おしっこをひっかけたんですのよ。ほかにパーティー・ドレスがあったからよかったけれど……」

ここらあたりで軽いハミングが入るのだ、とか。〈舞踏への勧誘〉だろうか。

果して遠藤信子が華麗なドレスをまとってイギリス大使のパーティーに参加する機会

があったかどうか、そぐわないような気もするけれど、窓枠に囲まれたスクリーンがそれを映しだすということなら、おおいにありうるだろう。まったくの話、この信子に限らず、正装を凝らした舞踏会なんて、ほとんどの日本人にとって映画の中だけのシーンではあるまいか。

独り暮らしの信子は、生活の方法がおおむね決まっている。朝は牛乳とパン、季節の生野菜くらい……。これは牛乳屋が仕入れた情報だ。好みの料理は肉じゃがと、カレーライス、これは、そこはかとなく換気扇から匂ってくるから、わかる。

パンは駅前通りの港屋《みなとや》で売るくるみバゲットが好物だ。いつもそれを買う。それしか買わない。八十センチほどの細長いパン。くるみが散っていて芳《こう》ばしい。

火曜日と金曜日の夕刻。勤め帰りに信子は港屋に立ち寄る。くるみバゲットを半分に切ってもらって買う。

四百二十円也。二十円は消費税だ。信子はその金額を店に入る前から掌《てのひら》に握りしめているらしい。お釣をもらうことがない。

壁の時計は七時二十分前後……。いつも決まっている。

「几帳面《きちょうめん》なのかしら」

「生活に変化がないのよ」

とはいえ、この種のことは、時には狂うことがある。まったく狂わないほうが不自然だろう。

そう言えば、ちょうど一年ほど前……。暑い夏が終わって、とてもここちよい秋の夕べ、信子の帰宅が少し遅れた。帰りぎわに厄介な電話が一件かかってきたせいだった。港屋のドアの前まで来たとき、自動ドアが開いて一瞬早く一人の男を飲み込んで閉じた。

信子は二、三秒遅れた。小銭がなかった。

「くるみバゲットを一本」

と、男の声を聞いた。

「はい」

店員は棚からくるみバゲットを取り、袋に入れる。それを見ながら、

「私にも」

信子が告げると、店員は、

「少しお待ちください」

売り場には、店員が一人しかいない。店員は男にパンを入れた袋を渡し代金を受け取り、レジスターに納めて閉じる。

信子が首を伸ばし、

「くるみバゲットを半分」

と、千円札を出して告げたが、

「申し訳ありません。たったいま売り切れてしまいまして……」

「えっ、いつもいただくのに。もう残りはないの？」

「はい、すっかり」

「困ったわ」

「こちらのイギリス・パンとか、ぶどうパンとか」

店員が棚を指したが、信子は首を振った。

たったいまくるみバゲットを一本買った男が出口に向かい、足を止めている。こっちを見ている……。それを感じた。

どなたも体験があるように、人間は背中にも目をつけている。三、四十年、生きていれば背後の気配くらい、あらかた見当がつくものだ。

男は迷っている。「私のを半分、分けてあげましょうか」と言おうとしている。

――きっと、そう――

だから信子は男に背を向けたまま耳を澄まして待った。

「どうなさいます？」

店員が呆《ほう》けた顔で尋ね、

「いらないわ」

が、返事と同時に自動ドアが開く音が聞こえ、信子がおもむろに振り返ると、男の姿は外の歩道を遠ざかって行く。

信子は売り場を離れ、自動ドアを抜け、男のあとを追った。

濃紺のジャケットにグレイのズボン。四十代のサラリーマン。背筋がシャンと伸びている。

——家族持ちかしら——

わけもなく信子は男も独り暮らしではあるまいか、と想像した。

——奥さんがいるんなら、奥さんがパンを買うはずよ——

それが信子の常識だ。

もし妻がいて、その妻が会社帰りの夫にパンを買わせるようなら、

——きっと、ろくな奥さんじゃないわ。私ならもっと大切にしてあげるのに——

とも考えた。

そして、もし男が独り暮らしなら、

——くるみバゲット一本は多すぎる——

三日もたてば硬くなるし、味も落ちる。

——半分だけで充分よ——

それが生活の知恵である。教えてやりたい。

男はゆっくりと歩いている。

一度だけ首をうしろに向けた。信子が追ってくるのに気づいているのかもしれない。

銀行の角を曲がり、Y字路を右に行き、なんと！　信子の行く道を進んで行く。

いつのまにか二人だけになっていた。

街灯が濃淡を作る路上に、男と女が五メートルほど距離を置いて同じ方角へ歩いている。

信子は足を速め、

「あの……」

と呼びかけた。

ためらいがなかったわけではない。普段ならやらないことだ。

だが、このときは微妙な衝動があった。

――映画で、こんなシーンがあったわ――

確かモノクロの古い映画……。なにとは思い出せないけれど、似たような出来事がきっかけとなって、男女が出会い、親しい仲となる……。それが今、

――私に起ころうとしている――

かすかな確信さえ覚えた。

「はい」

男は足を止め、体を捩《ねじ》った。まるで呼びかけられるのを予測していたように……と信子は感じ、勇気を鼓舞された。

「くるみバゲットをお買いになりましたわね、一本。港屋さんで」

「ええ、買いましたけど……」

「私、すぐあとに行ったんです。いつも半分だけ買うものですから」

「ああ、すぐあとにいらしたかた、ね」

「そうなんです。それが最後の一本で、あと、売り切れになってしまって」

と、信子は男の手荷物を指さした。

「そうみたいでしたね」

「一本全部お入り用ですか。もしよろしかったら半分分けていただけないのかなあー、なんて思いまして」

信子は少女っぽい口調で告げた。もしかしたら身ぶりも子どもっぽく作っていたかもしれない。

「えーと」

男は戸惑っているように見えた。

「ごめんなさい。とんでもないことを言ってしまって」

平素は口下手のほうだが、このときはすらすらと言葉が喉を通り抜けた。

「いいですよ。でも……」

「なんでしょう？」

「どこで切りますか」

二人が立っているのは住宅街の路上である。ナイフもない。

解決策はすぐに浮かんだ。信子のアパートが近い。

「すぐそこなんです、私の家」

「あ、そう。いいの？」

「どうぞ」

やはり信子の直感は当たっていたらしい。

男が彼女のアパートへ立ち寄る。

後日の報告によれば、二人が連れだって階段を上るのを、新聞の集金人が認めている。

「本当に見たのね」

「珍しいことですから」

このときであったかどうかは定かではないけれど、信子が先に立ち、うれしそうに男に話しかけ、廊下の奥へ向かったのは本当だった。頑丈なドアが閉じる音も聞いている。

「どうぞ」

「失礼します」

信子が男の手からパンを受け取り、二つに切る。切りながら朝食の話になる。

男の名は若月雄二郎《わかつきゆうじろう》。独り暮らし。毎朝、味気ない食事をとっているらしい。

「じゃあ、ここで召しあがったら」

「いいんですか」

「もちろんよ。私も独りで、つまらないご飯を食べていますから」

「うれしいなあ」

「どうしてお独りなの？　結婚はなさらなかったの？」

若月は四十三歳と告げていた。

「海外生活が長いものだから。なかなかチャンスがなくて」

「どちら？」

「パリ、ウィーン、ロンドンも」

勤め先は貿易商社。時折、日本に帰り、また海外へ赴任する。

「次はどこかしら」

「わからない」

「じゃあ、日本にいらっしゃるときだけ、ここにいらして。おひまがあって、気が向いたときに」

信子は精いっぱいのコケットリイを込めて誘った。

「ありがとう」

話はとんとんと進んだ……。

ハリウッドの映画用語にディゾルヴ(dissolve)がある。英和辞典を引くと〝映画やテレビなどで画面をダブらせながら次のシーンへ移っていくこと〟と記されている。この手法によって、時間と事情の推移を手早く観客に伝えようとするわけだ。

早い話、新幹線で東京から大阪へ行く。実際には二時間半ほどかかるはずだが、列車が東京駅を滑り出したとたんに画面が次々に重なり、熱海《あたみ》の沖が映り、富士山《ふじさん》がそびえ、浜名湖《はまなこ》が広がり、京都・東寺《とうじ》の塔を窓の外に望んだと思う間もなく、もう新大阪の駅である。

恋のプロセスも、現実には出会ってから恋仲になるまで、一つ一つ厄介な手順を踏むのが通例だが、その部分がさほど重要じゃないストーリーも多い。観客はその恋が成就することを充分に知っている。ならば、月並の手順をわざわざこまかくたどる必要もあるまい。ディゾルヴで行こう。二人は出会い、ティールーム、レストラン、ホテルのラウンジと、デートの場所が変わって親しさが深まり、旅に出て、美しい風景の中で熱い抱擁となる。みんな短いカットだ。情景がダブって映り、日時が飛び石を踏むように飛んで、見知らぬ二人が、あっと思うまに充分に親しいカップルに仕上がってしまう。

遠藤信子が、こんな専門用語を知っていたとは考えにくいけれど、彼女が本当に映画のファンなら、この説明を聞いて、

「あっ、それよ、そんな感じ」

と頷《うなず》いたのではあるまいか。

休日の朝、若月と二人で、くるみバゲットにバターを溶かして食べた。

「バターがパンの中に染み込んでるのが好きなんだ」

「私も」

テーブルの上には目玉焼とコーヒー……。

二人でカップをチンと鳴らすと、背景が揺れてダブり、そこはホテルのレストラン。

高い窓。眼下に海が輝く。

――お台場《だいば》のホテルね――

信子は同僚の結婚披露宴があって、訪ねたことがある。

海はたちまち山に囲まれ、島を浮かべ、

「秋の鎌倉《かまくら》、すてきですよ」

「行こうか」

露座の大仏がダブった。東京に住んでいれば出無精の信子だって何度か行ったことが

ある。案内ができないでもない。

音楽はタンゴの甘い調べ。男の眼差《まなざし》が淫靡《いんび》に揺れて、ネオンがパチパチと弾《はじ》ける。

——これがラブ・ホテル？——

大きなダブルベッド。ベッドサイドのミラー。薄闇の中にもつれる裸形……みんなデイゾルヴ。

いつしかアパートの外に立つ欅は、葉を枯らせ、葉を落とし、枝だけの姿に変わっていた。あい変わらず信子はその下のベンチに坐っていた。寒い冬も厚いコートを着れば耐えられる。思案が心を熱くしてくれる。

「会えてよかった」

と男の声だ。

「私も」

と女の声が答える。信子が独りで呟《つぶや》いている。

「いつまでもこのままでいたい」

「私も」

日時の経過の中でなにが起き、なにを夢見たのか、いくつかの情景が脳裏に宿っているのに、実感となると、とりとめがない。いつもそうだった。

初めから別離は知っていた。だから、

——これはみんな夢の中のことなの——

と思うように努めている。実感のなさはそのせいかもしれない。

「大丈夫かい？」

「覚悟はあるわ」

恋は別れるほうがいい。映画の名作はたいていそうなっている。しあわせな恋なんてコメディにしかならない。

「また海外だ」

「そう。とうとうね」

「仕方ない」

「どこ？」

「ニューヨークだ」

「しばらくは帰れないわね」

「二年くらいかな。待っていてくれ」

「ええ」

頷いたが、信子は感づいていた。

——この人はもう帰って来ない——

なぜかはっきりとわかった。

「頼みがある」

「なにかしら」

「ジョンを看《み》とってくれ」

若月は犬を飼っていた。ジョンという名前のセント・バーナード犬。信子が幼いころに飼っていたのと同じ犬種、同じ名前……。ジョンは十七歳になり、重い病に冒されている。余命はいくばくもないらしい。

「いいわ。私も犬が好きだから」

「つらいぞ。死に際に立ち会うのは」

「知っている」

「じゃあ頼む」

「ええ」

信子の住むアパートはペットの飼育を特に禁じてはいなかったけれど、大型犬となると簡単には飼えない。しかも勤めを持つ身で、どう飼うのか……。信子には、その実、確かな考えがあった。

冬が過ぎ、春が来て、夏が近づく。

男はいつ海外へ発《た》ったのだろうか？　病気の犬はいつ届いたのだろうか？　信子の生

活は変わらない。

　犬を飼っていることなんか、だれも気づかなかった。アパートの頑丈な構造が、内部のことを外に漏らさなかった。

　ただ、野外のこととなると、木の下で呟く信子の声が大きくなった。

　子どもたちがそれに気づいた。

「驚いちゃった。あのおばさん、やっぱり変だね」

「近づくんじゃないわよ」

「パラシュートみたいな洋服を着て。お化けのまねしてんのかな」

「ワンピースでしょ。ふんわりとした。夏は涼しいのよ」

　母親たちは、むしろ信子の服装が、少し変わったことに気づいていた。とてもゆったりとしたワンピース。大学は夏休みに入っているらしい。

「急に喋りだすから怖いよ。一人二役なんだ」

「なにを話しているの？」

「犬が好きらしいよ」

「へえー」

「飼っているのかなあ」

「まさか。このアパートじゃ飼えないわ」

声が大きくなったばかりか、ベンチに坐る頻度も心なしか多くなった。夏の夕涼みだろうか。

時刻はおおむね深夜十一時過ぎ。これは信子の大好きなテレビ映画が終わって、

「そのあと、お出ましになるのよ」

と、まことしやかな解説をする人もいた。

つぶさに観察をしていると……信子はしばらくの間、自分の部屋の窓を見つめている。身を乗り出し首を伸ばす。思いを集中して、想像を凝らしているみたい……。

そして、突然、喋りだす。

モノローグもあれば、会話もある。話の中身はとりとめがない。人生についての感想。男と女の会話。甘い囁き、別れの言葉、嘆息が漏れる。

犬の話が多くなったのは本当かもしれない。大型犬が忠実なことは前から呟いていたけれど、あらたに犬の安楽死が加わった。

「病気に罹《かか》った犬をどうするか、本当に困ってしまいますわ。獣医さんは〃どの道、長くはありません。一週間持つか、十日持つか、そのくらいですよ〃と、おっしゃる。ジョンは、なにも食べない。なにも飲まない。ただ恨めしそうにこっちを見ているだけ。とても苦しんでいる。〃生かしておくのは、飼い主のエゴイズムじゃないのかしら〃って、何度も思いましたわ。だって、そうじゃないの。どの道、間もなく死んじゃうんで

すのよ。庭で遊ぶこともできないし、おいしいものが食べられるわけでもない。ただ苦しむだけ。つらいだけ。ほんの少し長く生きてみたって、なんのたしにもならないでしょ。どんなにかわいらしくても、理性のない生きものなんですから。殺してあげるのが一番なんです。先のない命なら、早く亡くすほうがいいの。でも飼い主は、自分の良心が大切だから殺せないわ。苦しんでいる姿を見て〝かわいそうね、かわいそうね〟と言っているだけ。ええ、私、何度も悩みましたわ。自分のエゴイズムを捨てなくちゃあ、いけない。生かしておくことが幸福かどうか、本気で考えなくちゃ、いけないわ。もう覚悟はできてますの。ええ、本当に、私、覚悟ができていますのよ、生かしておくことが幸福かどうか」

昔の体験談がいつのまにか目の前の現実のような調子を帯び、体を震わせている。

ご用聞きの一人が、

「遠藤さんのとこ、犬を飼っているみたいですよ、とても大きいの。カーテンのすきまから、チラッと見ましたから」

と言い出し、

「でも、鳴き声を聞いたことないわね」

「病気なんじゃない？」

「前から飼っていたのかしら」

「ただの想像でしょ。おかしなかたですもの」

真相はわからない。

隣人たちはあらためて遠藤信子の生活ぶりに新しい関心を抱いた。

遠藤信子の姿が町のペットショップにあった。店の主人となにかを話している。

それをアパートの住人が目撃して、信子が立ち去るのを待って店の主人に尋ねた。

「なにを尋ねていらしたの？　あの……遠藤さん。ご近所のかたなんだけど、少し気がかりのことがあって」

「飼い犬が死んじゃって。ペットの焼き場のこと、聞かれたんです」

「それで？」

「川越《かわごえ》のペット霊園の電話番号を教えてさしあげました」

「そう。何番？」

アパートの情報部員は、すかさず業者の電話番号を聞き、その午後のうちに、

「私、豊島区の区営アパートの管理人をやっている者ですが、先ごろ、遠藤信子さんからおたくにお問い合わせがなかったでしょうか」

と、調査を開始した。

「えーと、豊島区の遠藤さん、ね。はい。ありましたけど」

「どんなお問い合わせでしたか」

「飼っていらっしゃる犬が死んだので、どうしようかって……」

「それで？」

「うちのシステムを説明しました。Aコース、Bコース、Cコースに分かれておりまして。Aコースはお飼い主のかたに立ち会っていただき、一匹だけを焼いたあと、お飼い主様にお骨をあげていただき、お骨壺《こっつぼ》に入れてお渡ししております。Bコースは、一匹だけをこちらで焼いて骨壺に入れ、お届けします。Cコースは合同葬と申しましょうか、二日分くらいを一緒に焼いて墓地に埋めます」

「犬の遺体は取りに来てくださるのね」

「はい、そうです」

「で、遠藤さんは？　Aコース？」

「いえ、Cコースを。ほかと一緒に焼いてほしい、と」

「犬は……いつ取りにいらっしゃるの？」

「明朝九時に。私どもの車でまいります」

「どんな犬なのかしら」

「ご存知ないんですか」

「チラッと見たことはありますけど、家の中で飼っていらしたから」

「セント・バーナード犬。大型犬ですね」

「そう。お葬式はどうなさるのかしら」

「さあ。ひっそりと。あんまり大袈裟《おおげさ》じゃなく、ほかの犬と一緒に天国に送ってあげたいようなお話でしたけど」

「そう。どうもありがとう」

翌朝、九時を期してアパートの主婦たちが数人、遠藤信子のドアが見えるあたりに、あるいはその階段の下あたりに、それとなく集まって来たのは言うまでもあるまい。

ワゴン車が停《と》まった。

運転手と、もう一人の男が降りる。二人とも黒い制服。住所を確かめ、階段を急いで上る。

ブザーを押した。

信子は待ち構えていたらしい。ドアが開くと段ボールの大箱が玄関の板場に出してあった。

「これ、お願いします」

料金もきっちり用意してある。

「はい。Cコースでよろしゅうございますね。お預りいたします」

黒服の男は、それがいつものルールなのだろうか、運び出す前に箱の蓋を開いて、中を確かめた。

「えっ」

と驚く。

「そのまま、どうぞ」

命ずるような厳しい声が外に漏れた。

「ぬいぐるみ……」

と、小さいが、確かにそう聞こえた。

「ずっと飼っていたんです。ほかの犬たちと一緒に。お願いします。どうぞ。電話でもお願いしておいたじゃありませんか」

「わかりました」

蓋が閉じられた。箱を軽々と抱いて車に積む。

おそらくペットの葬儀人は、孤独な人が奇妙な思い入れを抱くケースを山ほど知っているにちがいない。あえて逆らおうとはしなかった。

おそらくセント・バーナード犬のぬいぐるみ……。デパートへ行けば、本物そっくりの品が売り出されている。

これならば、納得がいく。吠えるはずがない。散歩の必要もない。勤めを持ちながら飼うことができる。孤独な女が、本物と思って愛玩する心理がわからないでもない。が、疑問も残る。なぜ、ぬいぐるみは死んだのか。

若月とかいう男からの贈り物だったのだろうか。

日の暮れるのを待って信子は欅の木の下に出て坐った。いつもより早い。主婦たちは夕餉《ゆうげ》の仕度に忙しい。信子はこのタイミングを狙ったのだろうか。好奇な眼《め》が避けられる。それとも待ちきれなかったのだろうか。

窓を見上げる。

たちまちイメージが錯綜《さくそう》する。一つが消えかかり、もう一つが重なり、また次が現われる。長い年月がディゾルヴとなって映る。

孤独な生活……。

男との出会い、男との交わり……。

幼いころにセント・バーナード犬を飼っていたのは本当だった。本当のような気がする。だから、いつもこの犬種だ。大きくて、やさしい。包容力がある。名前はジョン。いつもジョン。

ぬいぐるみを買った。十三年前に一度。七年前に一度。そして、今度が三回目。もう慣れている。

——生きることのできない命——

同じような情景、同じような心理が年月を隔て重なる。

窓のスクリーンに情景が映る。相手の名は若月雄二郎。いつも若月雄二郎。

理性がぼやけ始めたらしい。刑事がやって来た。

——今夜は推理ドラマなのね——

と信子は頷く。

推理ドラマはおもしろいけれど、昨今のテレビはろくな作品を映さない。

「遠藤信子だね」

と名前を呼ばれた。

ペット霊園の主人は、この午後Cコースの依頼を受けて六匹をまとめて焼いた。彼は注意深かった。焼け崩れた灰の中に、生まれたばかりの嬰児《えいじ》の骨があった。ぬいぐるみの腹に隠されていたらしい。

# 白い蟹

晩秋——。

ロシアの夕暮れはうら悲しい。街中はまだしも、ひとたび郊外へ出ると深い暗愁が立ち籠めている。空は鉛色に染まり、薄暗くはなるがいっこうに夜がやって来ない。怪しい気配があちこちに漂っている。文字通りの逢魔《おうま》がとき……。落葉樹は枝をあらわにし、暗色の葉を持つ木々も冬枯れの気配を帯び始める。森は疎《まば》らでありながら深く黒ずみ、暗色の立ち籠める中をただコンクリートの広い道だけがどこまでもまっすぐに伸びている。晩鐘の響きまでがまがまがしい。

「あっ」

車の助手席で彩子《あやこ》が声をあげた。

黒いものが道をよぎり一瞬、目が合った。

つぶらなまなざし。

が、次の瞬間、動く塊は車に撥《は》ね飛ばされ、宙を舞って路傍の木の幹に叩《たた》きつけられた。血の色が弧を描き、瞬時フロント・ガラスの向こうに赤い紐《ひも》が残っているように見えた。

「厭《いや》ね。掃除が大変」

ライサがフランス語で呟《つぶや》いて唇をゆがめる。

「犬かしら」

「野犬でしょ」

ライサは動じることもなく言う。口調も横顔もひどく冷淡に感じられた。ロシア人の表情は、面差が端整であればあるほど酷薄に映る。なんの偏見もないけれど、少し怖い。

――いざとなったら、この人たち――

相当に恐ろしいことを平然とやってしまうのではないかしら。民族の歴史の中に残酷さが潜んでいる。彩子は悲しいエピソードを一つ二つ心に描いた。

「前に一度来たけど、このあたり、私もよく知らないから」

それが野犬を撥ね飛ばす理由になるものかどうか。彩子は、

「気をつけて」

とだけ答えた。

ライサとは今日の午後、エカテリンブルグの大学図書館で偶然出会った。声をかけられて驚いた。指折り数えてみると、ちょうど十五年前、彩子はパリに留学し、ライサは

そのときの学友だ。格別親しい間柄ではなかったが、女子留学生で博物館学の講義を聞く者は少なかった。ライサとは参考書を貸し借りするくらいの仲だった。

当時の印象を思い返せば、ライサは生真面目な国費留学生。彩子もおおむね真面目だったが、真面目さの質が少しちがっていただろう。彩子のほうは日本人の女子留学生によくあるタイプ。フランス語を懸命に勉強し、授業にはきちんと出席して評価A《アー》を集め、わるい仲間とはけっしてつきあわない。ライサは、私生活の細かいところまでは知るよしもなかったけれど、ひたすらコミュニズムを信奉してすこぶる厳格だった。がちがちの教条主義者。その部分に彩子はあまり踏み込まないようにしていたけれど、ライサは共産党員であったろうし、その中のエリートだったにちがいない。なにかにつけて自分たちの思想と政治の正しさを主張して憚《はばか》らない。周囲の学生たちには白い目で見られているふしがあった。

久しぶりに邂逅《かいこう》して、すぐさま、

——この人、少し変わったわ。ずいぶんとさばけちゃったみたい——

と感じた。ソビエト崩壊のせいかしら。それとも年齢を重ねたせいかしら。わからない。スラブ系の凛々《りり》しい顔立ちだけが昔のままだった。

「なんでエカテリンブルグに?」

「仕事なの」

彩子は横浜《よこはま》の美術館に学芸員として勤務している。今回は、エルミタージュ美術館を調査見学し、旅の後半はエカテリンブルグに飛んで市郊外の女子修道院へ足を運ぶスケジュールである。ナキア修道院の図書室に、ほとんど世間に知られていない稀覯本《きこうぼん》が秘蔵されているらしい。装丁と印刷のみごとさは美術品としての価値も充分に高いんだとか。予備知識は乏しいが、とにかくそれを眺めて帰らねばならない。

その話を聞いて、ライサが、

「私もナキアの近くへ行くの。私の車で行きましょ」

と誘ってくれた。

「お仕事？」

「ううん。ボーイ・フレンド」

「でも……あなた人妻でしょ？」

「ふふふ」

眴《めくばせ》で答えた。

元革命党員も変われば変わるものだ。彩子は思い出す。パリにいた頃、老教授がウクライナ出身の女子学生と不倫の恋に陥り、学生たちは見て見ぬふりをしていたけれど、ライサ一人が糾弾し、騒ぎが大きくなって教授は職を追われてしまった。学生たちに別れを告げ、夫人の車で肩をすぼめて去って行った姿があわれだった。あのとき、ライサは腕を組み、正義をまっとうした戦士みたいに佇立《ちょりつ》して見送っていたのではなかったかしら。

——それがボーイ・フレンドと逢引《あいび》きかあ——

とはいえ、彩子としては、以前の教条主義者よりもくだけたライサのほうがつきあいやすくて助かる。

——いいんじゃない、自由思想も——

口からこぼれそうになるのを頬でこらえた。

目的地は思いのほか遠い。

「アーヤ、元気ないのとちがう?」

アーヤが彩子の呼称だった。ロシア人には呼びやすいだろう。

「わかった?」

「昔、もっと元気だったから」

そんなふうに見られていたのかしら。

「ううん。そうじゃないの。昨日ホテルに着いて、サラダを食べたの。蟹肉《かににく》入り。すぐに吐き気をもよおして、今日はなんにも食べてないから」

「ホテルに言った?」

「ううん。疲れてたし、たまにあるのよ、こういうこと」

一口食べたときから違和感を覚えたのは本当だった。古くて悪くなっているのとはちがう。体質に合わないのだ。彩子は時折そんな直感が働く。レタスの上に載った筋状の白身は、薄甘くゆるんで、蟹よりももっと下等な動物を感じさせた。蟹と称されているものの中には蜘蛛《くも》の仲間もいると言うではないか。二口三口飲み込んでから気づき、急に気分がわるくなった。無理に吐いてベッドに転がり、とにかく眠った。朝、起きてもまだ嘔吐感《おうとかん》が心に残っていた。そのあとジュースを少し飲んだだけである。

「大丈夫？」

「平気。胃腸は丈夫なほうだから」

ライサは思案をめぐらしてから、

「クラブ・デ・ドワ・ブラン」

と言う。

「なに、それ？」

訳せば白指蟹かしら。ライサの説明では、人間の掌《てのひら》ほどの大きさで、さながら指を立てたようにノソノソと這《は》い歩くらしい。

「気味がわるいの、とっても」

彩子の気分なんかおかまいなし。ライサは五本の指をハンドルの前に立て、骨を突っ張り、無気味な白い生き物のように動かす。

「やめて」

忘れていた吐き気が戻ってきそうだ。

「このへんに棲《す》んでいるのよ。私、前に襲われかけたわ。ウフフフ」

高く笑って自分の首を掌で絞める。

わるい冗談かもしれない。

「厭ねえ」

首を振ってごまかしたが、イメージの醜悪さが消えてくれない。

――変な人――

車で送ってくれるのはありがたいけど、

――なんのつもりかしら――

どこかに屈折した恨みが残っているのかもしれない。学生の頃をあれこれ思い出してみたが、思い当たるふしはなにもない。

「地図を見て」

「ロシア語、よく読めないのよ」

途中で少し迷ったが、ライサが農家に立ち寄って尋ねてくれた。わざわざ遠まわりをして、修道院の玄関まで彩子を送ってくれるつもりらしい。

「あれね」

「ええ」

ようやく夜が黒ずむ頃、森が開け、霧の中に煉瓦《れんが》造りの古い館が浮かんで見えた。

「じゃ、さようなら」

とライサは先を急ぐ。

「本当にありがとう。手紙を書くわ」

感謝をこめて手を握った。


紹介状の名あて人であるベトリナ副院長は顔もまるく鼻もまるく目もまるく、体までまるみを帯び、性格もゆったりと優しい人のように感じられた。院長がどこにいるのか、わからない。実質的には副院長がこの館を取り仕切り、とりわけ図書室の管理は完全に彼女の掌中にあるように見えた。

「この部屋をお使いになって」

図書室の隣のベッドルームに案内され、

「ありがとうございます」

「お勉強はこちらでね」

図書室の一隅にあるりっぱなデスクと椅子を指し示す。

「おそれいります」

ベトリナ副院長はロシア語風の発音だが、とにかくフランス語が話せる。が、年齢は……多分八十歳に近いだろう、ほんの少し脳味噌《のうみそ》がゆるみ始めているのか、時折理解しにくいことを言う。

——言葉のせいかしら——

と思ったが、それぱかりではなさそうだ。

玄関の脇に、長い鬚《ひげ》に黒い衣裳《いしょう》、黒い僧帽をかぶった老人の肖像があって、

「祖父なんですのよ。それはもうたくさんの奇蹟《きせき》を顕《あらわ》して、みなさんから尊敬されておりましたの」

祖父ばかりか両親もまたこの修道院の幹部であったらしい。少し小ぶりの肖像写真が並べて飾ってある。

「りっぱな図書室ですね」

これはもうだれの目にも一見してわかる。ステンドグラスで飾られた高い天井。書棚も充分に高い。蔵書の数はさほど多くはない。少数精鋭かしら。右手の一郭がとりわけ貴重な本を置くコーナーになっているらしい。ガラス戸に鍵がかけてあるが、

「どうぞ、どれでもご覧になって」

と、鍵を開けてくれた。

「おそれいります」

そう言われても、どれをどう見たらよいのかわからない。どの一冊を取ってもみごとな装丁がほどこしてある。革の表紙、金銀の細工。そして、ほとんどが大きくて重い。表紙に刻まれた文字はラテン語か、ギリシャ語か、ロシア語、ほんの少しフランス語その他がある。聖書、祈禱書《きとうしょ》、神学書のたぐいらしいが、彩子には読めないものが多い。さいわいなことに配架の順序に従って蔵書のタイトルを記したリストが作られていて、

「これをご覧なさいな」

ロシア語にそえてフランス語と英語の訳が記してあった。

「いただいてよろしいんでしょうか、このリスト？」

「どうぞ、どうぞ」

これを持ち帰れば、任務の半分は果せる。

副院長みずからが七、八冊を取り出して、どれほどすばらしいものか口を極めて説明してくれたが、彩子としてはリストに丸印をつけて多少の感想を記すくらい。説明がくわしくなればなるほど、よくわからない。美しい装丁はともかく、中身のほうは学芸員より図書館員の仕事、それも宗教書に明るい司書でなければ、とても理解できるしろものではなさそうだ。

ぼんやりと聞いていた。すると、そのとき、

――なにかしら――

壁のあたりでカサカサとかすかな音が鳴った。

二度か、三度……。壁裏に虫が巣食っているのかもしれない。彩子が目を向けると、副院長も聞いたらしく、ゆっくりと頷《うなず》いて、

「あの本箱」

と指さす。

「はい？」

貴重書の本棚の上に、もう一つ優美な扉をつけた金庫のような箱があった。

「一番の宝物なんですの。すみません。取ってくださいます？　高いところで、私、危ないから」

と部屋の隅にある書架用の踏み台を指し示した。そして彩子が踏み台を据えるあいだにデスクの引出しの鍵を開け、その中からこれも優美な装飾をほどこした小鍵を取り出して、

「これで」

と渡す。

彩子は頼まれるままに一メートルほどの高い踏み台に上がり、本箱を開けた。中に一冊の厚い本……。鮮かなグリーンに染色された革表紙。色とりどりの宝石が象嵌《ぞうがん》されていて眩《まば》ゆい。まさに宝石箱と言ってよい装飾だ。タイトルは華麗な花文字で綴《つづ》られ、こ

れも読みにくい。

だが、金泥を塗った小口には、百ページを超える上質の紙が束ねてあるのが見え、

――やっぱり本なんだ――

と納得した。

背とは反対側の小口に黒革のベルトが懸かり、これにも鍵穴がついている。この本は簡単には開けない構造になっている。

「きれいでしょ」

副院長が目顔で合図を寄《よ》こす。彩子が踏み台を下り、デスクの上に置いた。

「はい」

「一番大切な宝物」

いとおしそうに撫《な》でていたが、

「じゃあ、もうすぐ食事ですから」

と、宝物を胸に抱いて出て行った。

彩子としては、少し拍子抜け……。

――てっきり中身を見せてくれると思ったのに――

しかし、考えてみれば図書室に鍵をかけ、本箱に鍵をかけ、その鍵を隠す引出しにも鍵をかけ、さらに本そのものにも鍵がかけてあるのだ。簡単に中身を見せられる書物で

はあるまい。

――でも、なにが書いてあるのかしら――

リストにも記載がない。

間もなく若い尼僧が呼びに来て、副院長と一緒に軽い食事を取った。食後はまた書棚の前に立って勝手気ままに眺めた。めぼしいものをカメラに収めた。一時間余り仕事を続けたところで、

――もうたくさん――

正直なところ、神様方面はあまり得意ではない。好みでもない。

――仕事はおしまい――

優雅な読書にふさわしいデスクと椅子が備えてあるのだから、自分の読書を楽しむことに方針を変更した。ささやかな計画がないでもなかった。

ボストンバッグから洋書を取り出す。パリの古書肆《こしょし》で見つけた一冊。この地で読むのがふさわしい。タイトルを訳せば〈エカテリンブルグの惨劇〉かしら。

ロシアに入る前にパリで二日間を過ごしたのだが、正直なところ本屋の棚で、このタイトルを見るまで彩子は旅程の最後にあるエカテリンブルグがどういう歴史を持つ町か、すっかり忘れていた。とても興味深い事件の現場だというのに……結びつかなかった。

どうせならしっかり勉強しておこう。

大きな椅子に腰を落とし、軽装版のページを繰った。こんなときにはかならず読書ノートをかたわらにおいてメモを取る。

まず一九一八年七月十六日夜、と記した。惨劇はこの夜に起きた。それは三百年を余して続いたロマノフ王朝の終焉《しゅうえん》であり、アナスタシア伝説の誕生と言えば、もっとわかりやすいだろう。

二十世紀に入ってロシア帝国は足早に崩壊の一途をたどる。まさに内憂外患。国内では経済的な不安が募り、労働者のストライキ、兵士の造反が目立つようになった。国外に目を転ずれば、第一次世界大戦の戦況はロシアにとって負担となるばかりだ。加えて皇帝ニコライ二世は凡庸で、怪僧ラスプチンを重く用いるが、この男の評判が極端にわるい。

ついに革命が勃発。レーニンの率いるボルシェビキが勝利を収め新政府が発足する。ときに一九一七年十一月七日のことである。十一月の出来事だがロシア暦に従って十月革命と呼ばれるのが通例だ。

当然の帰着として王家は迫害を受ける。革命の前年にラスプチンは暗殺されていた。ニコライ二世は退位し、ペテルブルグ郊外の宮殿に軟禁される。さらにオビ川上流の町トボリスクに移って小康を得るが、十月革命の成就ののち一九一八年の四月、家族ともどもエカテリンブルグに送られ幽囚の身となる。もはや王家の生活に往年の輝きなど見るべくもなく囚人同様の扱い、粗食に耐え、厳しい制限を受け、屈辱にまみれなければならなかった。

皇后も皇女も女たちは監視の目を盗んで宝石類を衣服に縫い込める。いつか自由の身となったとき、着のみ着のまま放り出されても、この装飾品がきっと役に立ってくれるだろう、と。

皇帝一家が幽閉されていたのはイパチェフ館と呼ばれる陰気な建物で、館の警備隊長はユロフスキーという男だ。横暴であるよりむしろ温和な性格の持ち主だったという証言もある。虫の居どころ次第で目茶苦茶をやるようなタイプではなかったとか……。だが、革命直後の世情は緊迫していた。反革命軍がチェコ軍と手を組んでエカテリンブルグに進攻して来る。皇帝一家を反革命軍に奪われてはなるまい、と、そんな判断があったのは確かだったろう。どの道、皇帝の運命は決まっていた。

とはいえ、決定的な命令はだれが下して実行へと移されたのか。今日に至るまで真相は明らかにされていない。

彩子は二色のボールペンを取り、記述の要所に赤線を引き、軸のぽっちを押してはノートに黒くメモを記した。読んだものをよく記憶するためには、この方法が一番よい。

——惨劇の一部始終をだれが見ていたのかしら——

目撃者は限られていただろう。

運命の夜、皇帝一家と、その従者たちは突然、呼び起こされ、地下室に集められた。皇帝ニコライ二世、皇妃アレクサンドラ、皇女が四人いて、上から順にオリガ二十三歳、タチアナ二十一歳、マリア十九歳、アナスタシア十七歳、そして血友病を患っているたった一人の若い皇子アレクセイ十四歳、この家族に加えて医師、侍従、小間使い、コック、都合十一人である。

押し込まれた部屋は看守たちの宿舎の一郭で、縦十四フィート、横十七フィート、窓には格子が入り、家具もなく、がらんどうだった。

——十二畳間くらいかしら——

と、彩子はノートに細長い四角を描く。

ただならない様子に驚いて皇妃が、

「なんなの？　椅子もないじゃない」

と眉をひそめた。

ユロフスキーが皇帝だけを室外に出して銃殺を伝えた。皇帝は顔面を蒼白《そうはく》にして室内へ戻ったが、一言も発しない。すぐさま銃を持った兵士が入室する。皇帝が背を向け、十字を切る。銃弾が炸裂《さくれつ》した。医師が皇帝を守ろうとして先に銃弾を受けて倒れた。

いくつもの銃がいっせいに火を吹き、狭い部屋に銃声が激しく鳴って散り響く。

皇帝、皇妃、そして皇女の中の一人……三人がたちまち死んだ。皇子は宙に弾《はじ》き飛ばされて崩れた。アナスタシアはタチアナの背後にいて、まずタチアナが倒れた。タチアナの腕から愛犬がこぼれて落ちた。コックは坐《すわ》ったまま撃たれ、侍従はいつの間にか死んでいた。小間使いは枕で身を守ったが、銃剣で突かれ、けたたましい悲鳴をあげて転げまわった。細く息をついている皇子に兵士が近づき、刃《やいば》で刺し、すかさず手首を斬った。宝石をちりばめた腕輪を奪うためであった。

おびただしい血のほとばしり、血の匂い……。兵士は生きている者にとどめを刺す。とっさの略奪にも抜かりがない。

寝室からシーツが運ばれ、次々に死体がくるまれた。待機していたトラックの荷台に投げ込まれ、轍《わだち》が血に濡《ぬ》れて残った。

エカテリンブルグは炭鉱業で栄えた町である。周辺にはいくつも炭坑があり廃坑があった。死体を載せたトラックは郊外に出たところで三、四台の荷馬車に死体を分けて積み換え、荷馬車は鉄鉱石採掘の廃坑へと走った。女性たちの死体には凌辱《りようじよく》が加えられた、という。死体は切り刻まれて焼かれ、竪坑《たてこう》に捨てられ、最後に手榴弾《しゆりゆうだん》が投げ込まれた。あとかたもなく処理することがどこからか発せられた命令であった。荷台からこぼれた犬の死体が最後にポーンと投げ込まれ、いっさいが大量の土で埋められて作業が終わった。

――でもアナスタシアだけが――

と、彩子は目を上げる。

惨殺をどう潜《くぐ》り抜けてか、アナスタシアだけが、どこかで、だれかに、瀕死《ひんし》の状態で救われ、手厚い介抱を受け、傷癒えて国外へ逃亡した、と惨劇のあとに伝説が誕生する。ヨーロッパの貴族はみんな縁続きだ。ニコライ王家にゆかりのある名家は至るところに散っている。皇女が国境を越えれば救いの手は確かに伏在していただろう。

一方、革命政府は皇帝を亡き者としたあと基盤を固め、ソビエト連邦の建国へと邁進《まいしん》していく。ヨーロッパの政情は複雑で、油断がならない。どこに身方がいて、だれが敵なのか、判別がむつかしい。アナスタシアを救う人もいれば、なおも命を狙う勢力もある。皇女と知っても、心ある人は口を鎖《とざ》して秘密を守るのが当然の配慮であったろう。

かくして何年かが経たのち、

「アナスタシアを知っています」

「私がアナスタシアです」

「今、病院にいる記憶喪失の女性こそアナスタシア皇女でいらっしゃいます」

ヨーロッパを中心に時を越え、場所を変えて噂《うわさ》が駈《か》けめぐり、不思議な人物が登場し、いくつもの著述が発表され、映画までが作られてしまう。つい先日もアメリカの映画会社がアニメ映画〈アナスタシア〉を製作し、日本語版も出まわっているはずだ。彩子が

パリで入手した本も、

——その一つね——

この伝説の一番の問題点はエカテリンブルグから、いや、イパチェフ館の地下室から、どうしてアナスタシアが逃れられたか、そこにかかっている。

——この近くかしら——

地図の知識は全くないけれど、現場の近くでないとは言いきれない。なにしろここはエカテリンブルグの郊外なのだから……。

本に栞《しおり》を挟み、ボールペンを置いたとき、ドアが細く開いて、

「紅茶をめしあがれ」

副院長がロシア茶を持って入って来た。

「どうぞ、おかまいなく」

副院長はデスクにカップを置きながら目を見張って彩子が読んでいる本のタイトルを見つめる。そして、もう一度見直してから、

「事件に関心がおありなの?」

「はい。ここで起きたことでございましょ?」

「ええ、本当に」

「フランスに留学してましたときにもアナスタシアのことは聞きましたわ」

「そうでしょうとも」

「でも……もう生きていらっしゃいませんわね。百歳に近いわけですから」

「いいえ、そうとは言いきれませんわ。意外と御長命で」

あら？　声に確信のようなものが籠っている。

「なにかご存知なんでしょうか、副院長先生は？」

「アナスタシア様のことはわかりませんけれど、皇子様はご存命でいらっしゃいますわ」

敢然と呟く。語気の強さにもかかわらず彩子はてっきり聞きまちがえたかと思った。

「血友病の、アレクセイ皇子が……」

「そう。私の祖父が奇蹟を起こしましたの」

そういう話か、と、彩子は微笑《ほほえ》んだ。奇蹟がからめば、なんだって起きるだろう。

が、それはともかく、ロシア茶はなかなかの味わいである。ジャムはなんの果実かしら。彩子が飲み干すのを見て、

「ちょっと待って。もう一ぱいさしあげましょうね、今度はウオトカを入れて。一段と味がよくなりますのよ」

彩子の制止を聞かずにいそいそと出て行く。

——奇蹟ねえ——

どう考えてもアレクセイには生き延びるチャンスはなかった。銃撃者にしてみれば、皇帝についで皇子はぜひとも殺しておかなければならない人物だったろう。

またドアが細く開き、副院長の姿より先にウオトカの香りが漂ってくる。

「これ、旅の疲れを取りますのよ」

カップを載せたトレイをデスクの上に置いてから、うしろ姿で言い、もう一度ドアの外に出て、今度は……なんと、あの宝石箱のような本を抱えて来た。

「おそれいります」

「どうぞ、どうぞ。せっかくですから、これもお見せしましょうね」

掌に本を開ける鍵を握っていたが、鍵はすでに開かれていた。

「なんの本なんでしょうか」

「おほほ。なんでしょうねえ。事件のあらましは、ご存知でしょ」

と、視線をふたたび彩子が読んでいた本へと送る。

「はい……」

皇帝一家の惨殺なら、不充分ながら知っている。

「皇子様は生き続けて、ここで暮らしていらっしゃるの」

誇らしげに呟いてから豪華な本のベルトを弾《は》ねあげ、表紙を開いた。

厚い羊皮紙のタイトル・ページ。

さらにそれをめくると……ページを切り穿《うが》って掌形の穴があいている。さながら人間の掌を隠しておくほどに。

掌そのものは、ない。周辺に粘液の汚れが、古い血液のようなものが薄く滲《にじ》んでいた。

「これが？」

「そうですとも。今はお仕事があってお出かけになられたけど……ずっと、ここに、何十年も」

そう呟く相手の目を覗《のぞ》くと、少なくとも正気の色である。

「そうなんですか」

よくはわからないが、逆らうのはやめた。

副院長はすぐに表紙を閉じ、ベルトをかけて、

「卑劣な兵士どもが皇子様を撃ちました。腕輪を奪うため手首を斬り落としました。なんと痛ましいことでしょう」

十字を切って続けた。

「お体は荷馬車で運ばれ、どこかへ消えましたけれど、お手首だけが、私の祖父のところへ届きました。奇蹟が起きたのです。お手首だけが生き残られたのですわ。だから、ずっとここにお住まいいただいて……」

フランス語の語法が歴史的事実を述べる単純過去《パセ・サンプル》に変わっていた。

「でも、今は？」

「はい。珍しく狩りに出られて……。お体がお弱いから遠くへは行けないんですの。でも、今夜は獲物が近くに来ております、私にはわかりますわ、つまり……」

夢でも語るように告げてから、ふっと表情を平常に戻して、

「うれしいわ。祖父がずっと弱いお体を鍛えてさしあげて……。あんたにだけお話しするのよ。気に入ったから。黙ってばかりいると、つらいの。でも他の人に話しちゃ、いけないわ」

今度は親しさを籠めた〝あんた呼び《チュトワイエ》〟に変わっていた。

急に彩子の手を握り、

「おやすみなさい。もう遅いから。ティー、おいしかったでしょ」

「はい……」

宝物を抱えたまま踵《きびす》を返し、戸口のところまで行って振り返った。もう一度、きっぱりと、

「だれにも話しちゃ駄目よ」

まるい眼差《まなざし》が、眼《め》の底のほうで怖いほどの厳しさを放っていた。

彩子は茫然《ぼうぜん》と立ち尽していた。最前、初めて会ったとき、わけもなく〝脳味噌がゆるみ始めている〟と感じたのは、あながちまちがいではなかったようだ。

──私も、少し変だわ──

眠りによいというウオトカが、意識を微妙にぼやけさせている。もう時刻は十二時を過ぎていた。

と倦怠《けんたい》を感じた。

ベッドルームに入り、体を横たえた。

夜はひっそりと静まっている。

灯を消し、目を閉じ、たったいま聞いた奇妙な話を考えた。いずれにせよ、

──ここは惨事のあったところ──

怖い。事件を考えるとわるい夢を見てしまいそうだ。ライサのことを考えた。今ごろは恋人と甘い夜を過ごしているのかしら。でも、それを思うと、キャンパスを追われた老教授の姿が浮かぶ。時代が変われば正義も変わってしまう。とりわけこの国ではそうらしい。革命、鉄のカーテン、ペレストロイカ……百年足らずの間に政治もモラルも激変した。老教授を厳しく糾弾したライサが、今は不倫の恋に耽《ふけ》っているなんて……釈然としないものを感じてしまう。

でも……ロシア茶に注がれたウオトカは相当に強い。脳味噌に染み込んでくる。思考がさらにおぼろになった。そのまま眠りに落ちた。

どれほど眠ったか、わからない。ずっと眠り続けていたのかもしれない。

――私、どこにいるの？――

しばらくはわからなかった。意識が混濁している。目ざめたまま眠っているみたい……。初めての感覚……。

――ロシア茶を二はいも飲んで、おいしかったけど――

あとのカップはただのウオトカではなかったのかもしれない。

――ここで殺されたら――

だれかが気づいてくれるだろう。たとえばライサ。でも死体が廃坑に投げ込まれたりして……。

ゆらゆらと立ち上がって、カーテンを細く開けた。月が光を落としている。高い塔が夜空を突いて立っている。とても夢幻。これがエカテリンブルグの夜。でも本当は夢なのかもしれない。

中庭の草地の隅に白いものが落ちている。

――手袋かしら――

でも動いているわ。小さな動物らしい。思いのほか速い足取りで彩子の窓の下に這い寄って来る。彩子は窓を開けた。戦慄《せんりつ》が走った。

ゾクリと肩を震わせたのは、明けがたの涼気のせいばかりではあるまい。

——人間の掌——

指を立てて這っている。蜘蛛のように、蟹のように。

壁に這い上がり窓を目ざし……彩子が身を乗り出したが、死角に入ってもう見えない。どこかでカタンと窓を閉じるような音が聞こえた。音のあたりに人の気配を感じた。

翌朝はすっかり寝込んでしまい、あわてて身を起こしたときは十時に近かった。体調はわるくないが、胃のあたりが少しむかついている。夢が嘔吐を誘っている。目ざめる直前に夢を見たことは疑いない。鮮明に覚えている。

白い大きな蜘蛛、甲羅のない白い蟹、血管の浮き出た白い手……。名状しがたいものが蠢《うごめ》いていた。足を、指を、骨張らせて立ち、ぎこちない足取りで進む。ゆっくりと動き、急にすばやく走る。壁にも上る。細い隙間からも体をペチャンコにして忍び込む。白い体にはどこを捜しても頭がない。腹のあたりに口があるらしい。突然、彩子の背筋を這い、

——厭っ——

そこで目を開けた。

醜悪なイメージが脳裡《のうり》に残っている。背筋には感触までが這っている。

——でも——

これは夢だが……夢だと思うのだが、その前に見たのは夢ではない。ないような気がする。月下の中庭を無気味なものが這っていた。人間の手。掌が甲を上にして……。鮮明な夢。おぼろな現実。どちらを信ずればよいのかしら。

部屋の外に足音が聞こえた。カタカタと……。もちろんこれは人間の足音だ。ぐずぐずしていられない。とにかく起きて身仕度を整えた。

「おはようございます」

と声をあげると、まるい顔が覗く。

「おはようさん。よく休まれたわね。朝食をどうぞ」

「すみません。つい朝寝坊をしてしまって」

「いいえ、いいえ。体を休めるのが一番ですよ。でも、食事の前に、ちょっとお願い……」

「はい？」

図書室のほうへ手招きをする。

「高いところは怖くて」

あの宝石箱のような本を……掌の形を穿った本を高い本箱に戻してほしいと言うのである。お易《やす》いご用だ。

「はい」

恭しく捧《ささ》げるのを丁寧に受け取り、彩子はハッと手を止めた。副院長の目が鋭く彩子の心を覗いている。彩子は、そしらぬ顔で本箱に納め、求められるままに鍵をかけた。

食事を終えると、もう出発の時刻が近づいていた。図書室の資料をもう一度眺め、空港までの車を手配してもらった。

この修道院は極端に住む人が少ない。住んでいても姿を見せない。敷地は広く、本館と修道院は別棟なのだ、と、帰るときになって初めて気づいた。

「さようなら。お世話になりました」

「さようなら。またどうぞ」

別れの際《きわ》に到《いた》って彩子は、やはり聞いておきたかった。

「白指蟹って、このあたりで採れるんですか。掌くらいの大きさで。まっ白で」

すぐには答が返ってこない。それから少し唐突な調子で、

「いいえ。知りません。なんでしょう?」

まるい目がなにかを隠しているようにも見えた。本心はわからない。

「よろしいんです。では」

車に向かう彩子に、

「黙っててくださいね。昨夜とうとう。皇子様は武人《もののふ》の御業《みわざ》をりっぱに示されました」

おごそかな声が聞こえた。

モスクワで一日を過ごし、いよいよ帰国の途につく。赤の広場に近いホテルでは食事のとき、コーヒーのとき、眠りにつくまで、寸暇を集めて〈エカテリンブルグの惨劇〉の後半を読んだ。

アナスタシア伝説は多岐にわたっている。皇女の中の一人が惨殺を逃れ、生き続けたと、さまざまな証言がある。そして幾人ものアナスタシアが現われる。ヨーロッパの上流社会を股にかけ華やかに語られている。

――でもアレクセイは？――

三歳年下の皇子は本当に掌となって生き長らえているのかしら。

――馬鹿らしい――

副院長はなにかしら奇っ怪な生き物を飼い慣らし、それを皇子と信じているのだろう。天井に近い壁でカサカサと虫の住むような音をたてたのは、それだったのかしら。

そのことと関わりがあるのかどうか、

――本の重さがちがったわ――

彩子は豪華な本を二度手にしている。初めは本箱から取り下ろしたとき。軽かった。中を見た。掌の形に凹《へこ》んでいた、からっぽだった。

二度目は本を本箱に返したとき。少し重かった。中は見せてもらえなかった。なにかが入っていた……。

重さのちがいに彩子が気づくと、副院長は、

――気づいたのね――

とばかりに鋭く見つめ返していた。

ロシア茶が怪しい。意識が朦朧《もうろう》として、現実と幻影との区別がつけにくくなったのは本当だった。

エカテリンブルグの森を離れると、ほんの三日前……ノン、二日前のことなのに、いっさいが遠い出来事のように思われてならない。この広い国では時間までが異様に流れているみたいだ。モスクワとエカテリンブルグの間だって、日本の本州を縦断するほどの遠い距離なのだ。

モスクワ郊外の空港までタクシーを走らせ、気のいい運転手にチップを弾んだ。笑顔の優しい好々爺《こうこうや》だ。この国の表情は、ゾッとする冷たさと、のどかな田夫風とに大別されるようだ。

売店を覗いたが、独り暮らしの彩子におみやげはいらない。フランス語の新聞を買ってＪＡＬ機に乗り込んだ。久しぶりの日本語はありがたい。

ウエルカム・ドリンクを飲み干し、新聞をペラペラめくり、少しまどろむうちに食事になる。ワインを飲んで、日本食。ファースト・フード風だが、懐しいメニュー、懐し

い味わい。

――まずまずの成果――

出張の任務を反芻《はんすう》するうちに、また眠った。

次に目を開けると、まっ黒い荒野の上を飛んでいる。大河が蛇行し、灯はどこにも見えない。人の住む気配が探れない。

また新聞を取って丹念に眺めた。

――えっ――

ジワリ、と恐怖が広がった。

社会面の片隅……。女が殺されている。エカテリンブルグの郊外、賃貸の山小屋《シャレ》で恋人と会い、恋人が帰ったあと、密室で扼殺《やくさつ》されたらしい。鍵はドアにも窓にもかかっていて、外部との接触は空気抜きの小さな穴だけ……。

見出しは密室の殺人を強調しているが、彩子の驚きはそれではなかった。殺された女の名がライサ・ルドネワ。三十八歳。あわててロシア語の新聞を取ると、記事内容はよくわからないが、数日前よりちょっと若い、端整なライサの写真が載っている。もうまちがいない。

ショックはそれだけではなかった。フランス語の新聞をさらに丁寧に読むと、段を変えて被害者の経歴が書いてある。

〝文化省博物館調査主事……。エリートの家に生まれ、有能な共産党員として属望《しょくぼう》されていた〞

と、それは、まあ、納得ができるけれど、

〝被害者の祖父はニコライ皇帝一家惨殺の、実質的な命令者と黒い噂のあった人物〞

とあった。

厭でも考えてしまう。ナキア修道院で見た、まるく鋭い目、白く蠢く手の指……。

「皇子様はお体がお弱いから遠くへは行けません。獲物が近くに来ております。武人の御業をりっぱに示されました」

そして掌形に凹んだ宝石箱のような本。

エカテリンブルグの夜は奇蹟を隠しているのかもしれない。広大な国には人知の及ばない秘密があるのかしら。

――白い蟹のように這って――

彩子は新しい吐き気が胸に込み上げてくるのを覚えた。

# 女系家族

乗り換え駅が近づくと、坐席《ざせき》の居眠りが浅くなる。辰治《たつじ》はおぼろな意識の中で、前に立つ男たちの話し声を聞いていた。

「ぶっそうな世の中になったぜ」

「まったく。ニュースを見ていると厭《いや》になる。殺人、強盗、誘拐。急に人がいなくなったと思ったら、知らない海でプカプカ浮いてたりする」

「ゆすりとか、盗聴とか、身のまわりでも結構阿漕《あこぎ》なことが起きているんだ」

「本当かよ。交通事故なんかもあるしな。家族が安泰なら、ラッキーってことじゃないのか」

まったく、その通りだ。

辰治は私鉄沿線の3LDKに妻の寿子《ひさこ》と二人で暮らしている。一人娘の祥子《しようこ》が結婚して近くに住んでいる。三歳の孫娘がいて、とてもかわいい。あとは辰治の両親が秋田に、弟が仙台《せんだい》に家族と一緒に暮らしている。寿子の両親は川崎《かわさき》に、ほかの血縁者もおおむね東京の周辺にいるようだ。あ、一人だけ寿子のすぐ下の弟がオーストラリアへ行っている。顔の見える親族と言えば、このくらいの範囲までだろう。だから、

——一族に被害がなければ、まず、よしとしなければなるまい——

あとは親しい友人たち、仕事のうえで密接な関係のある先輩、同僚、後輩たち……。思いめぐらしてみると、

——だれもひどいめに遭っていないな——

ここ三年、五年、十年……。辰治の周辺では……もちろん年を取り、それなりの病気で死んで行った人はいるけれど、あっと驚くような惨事は一つも起きていない。恐ろしい事件はニュースの中だけだ。

——ラッキー——

と考えてよいだろう。

だが、私鉄に乗り換えてから、あらためて思い直してみると、

——もうぼつぼつ——

厭な思案が込み上げてくる。ずっとひどいめに遭わなかったのは……もうぼつぼつ遭遇する確率の高さを示しているのではないのか。そう思うと、なんの関係もないのに、

——一月もなかばを過ぎたことだし——

と、奇妙なわだかまりが胸を刺す。今年もきっと繰り返されるにちがいない。

——あれは、なんなんだ——

皆目わからない。

わからないけれど、なんとなくよいことではなく、わるいことに関わっているような気がしてならない。

そもそもの始まりは、結婚が決まったときだから……三十年近く昔のことだ。まだ充分にういういしかった寿子が、

「ひとつだけお願いがあります」

真顔で訴えたのだ。

「なんだ？」

「一年に一晩だけ自由にさせてください」

それが結婚の条件であるかのように聞こえた。この時期の男は優しい。

「いいけど。なにをするんだ？」

「それも聞かないでください」

「ふーん」

たいしたことではあるまいと思った。寿子の人柄から考えて厄介なことではなかろうと考えた。むしろ娘らしいサムシング……仲のよい友だちと一年に一度会うとか、あるいは一年に一度福祉活動に参加する誓いを立てているとか、辰治は深く考えることもな

く、

「いいよ」

と承諾を与えた。

約束は結婚の翌年から実行に移された。一月の末……。真冬の寒い夜に、

「ちょっと出て来ます」

「なんだ？」

「あの……例のお約束。明日の朝のご飯、用意してありますから」

「こんな時間にか」

「ええ」

「どこへ行く？」

「だから聞かない約束でしょ」

と笑う。

辰治自身、子どもの頃から約束はきちんと守るほうだった。頑《かたく》なに守るものと信じて生きてきた。自分の言葉に自分で捕らわれて困惑することもあるくらいに……。ましてこれは結婚の条件のように言われて承諾した約束ではないか。

「じゃあ、好きなように」

「すみません」

と新妻は出かけて行った。

その翌年も、そのまた翌年も、同じことの繰り返し。気がつくと、いつも一月のなかば過ぎ。なにかしらこの時期と関係のあることらしい。

――大切な人の命日だったりして――

しかし墓参りなら、夜というのはおかしい。夜通しのお籠りをするのだろうか。

五年が経《た》ち、十年が流れた。祥子を産み、幼《おさ》な児《ご》を育てる時期には、辰治も手伝ったし、実家の母にも頼った。親しい友人や保育所に預けたりもした。その都度、細かい手続きこそ少し変わったが、冬の日の夕刻に出かけ、朝帰るという行動にほとんど変化がなかった。

――なんだろう――

本気で訝《いぶか》った年もあったが、おおむねは、

――まあ、いいじゃないか――

深くは気にしなかった。

それと言うのも、一貫して辰治の中に、

――これはわるい結婚ではない――

この認識があったからである。寿子はわるい妻ではない。明るくて、善良で、働き者だ。子育てにも不足はなかったし、家計の切り盛りはうまい。サラリーマンの妻として

そつがない。欲を言えばきりがないだろうけれど、

――俺の奥さんとしては上出来――

これはまちがいないところだ。そうである以上、ことさらに藪《やぶ》をつついて蛇を出す理由はどこにもあるまい。もともと一晩、姿を消すだけのこと、それ以外になんの不自由や障害を生むことではない。

――好きなようにやればいいさ――

達観が疑念を抑え、いつのまにか気に留めることもない年中行事になってしまった。が、ここに来て、わけもなく、

――このままでいいのかなあ――

指折り数えてみれば二十八年、二十八回同じことが繰り返されていることになる。並たいていの執念ではあるまい。なにかしら寿子にとって大切なことであるのは疑いない。当初は軽く考えていたけれど、もっと重大なことに関わっているにちがいない。昔の恋人を思い出すにしては少し念が入りすぎている。

それに、ここまで続けるのは、

――本当のところ、なんなんだ――

純粋に好奇心の対象としても究明したくなってしまう。歌舞伎や講談なら、昔の盗賊仲間が年に一度再会して……ばからしい、そんなことは絶対にありえないと思うけれど、

——もしかしたら犯罪と関わっているのではあるまいか——

ある日、突然、真相が目の前に明らかにされ、周囲から「二十年以上も、ご主人が気づかずにいるなんて、信じられない。仲間じゃないの」と、とんでもない災難に見舞われるかもしれない。

——やっぱり一度は本気で探ってみよう——

妻のカレンダーには一月二十三日に丸印がついている。今年は土曜日に当たり、辰治のスケジュールは充分にあいている。ここ二、三年考え続けてきた計画が、電車の中でストンと実行への決断に変わった。

娘夫婦は二駅先の団地に住んでいて、ひと月に一、二度は顔を見せにやって来る。正月には家族三人で泊まりに来ていたが、二週間ほどして辰治が外から帰ると、

「あら、お父さん、また来てたわよ」

「お祖父《じい》ちゃーん」

祥子が孫の貴子《たかこ》と一緒に炬燵《こたつ》に足を突っ込んで寛《くつろ》いでいる。寿子のほうはキッチンに立って焼き魚の吟味に余念がない。

が、この少し前……つまり辰治が玄関の鍵を開け靴を脱いでいるとき、祥子は週末のスケジュールを母親に話しているらしく、

「あいにくパパが出張なの、だから一晩だけ絵美《えみ》さんのところに預けることにしたわ。ね、いいわね、貴子」

なにやら自分が一日だけ旅に出るので、しかもその日に夫の急な出張が入ったので、貴子を親しい友人のところへ預けるようなことを言っていた。三歳の娘にも因果を含めているような口調も聞こえた。辰治は小耳に挟みながら、

——のっ引きならない用事なら、うちに預ければいいのに——

と考えたが、次の瞬間、

——ああ、そうか。今度の週末は丸印なんだ——

寿子を当てにするわけにはいかない。辰治一人では孫娘を預かりにくい。

——祥子はなんの用で家をあけるんだ？——

おそらく実家に相談に来て、無理だとわかって次の方便を話しているんだ、と辰治は推察した。

すると、この推察を追うようにして、

——祥子は母親の奇妙な習慣について、なにか知っているのかな——

と考えが膨らんだ。

まったくの話、辰治はこの点について今までなんの思案もめぐらしていなかったけれど、母と娘なら通じあっているかもしれない。仲のいい二人だ。それに祥子は、少なく

とも結婚するまでは長いこと、ここで育ち一緒に暮らしていたのだから母の奇行についても無関心ではいられなかったろう。

——今日だって母が家をあける理由について、なにか話しあったにちがいない——とすれば……娘に尋ねれば、寿子の秘密が少し明らかになるかもしれない。そう思いながらリビングルームへ踏み込んだのだが、もうこの話題は一件落着したらしく、娘は中腰になって、

「お父さん、越乃寒梅《こしのかんばい》を持ってきたわよ。吟醸のほうじゃなく、お燗《かん》をして飲むほう」

と床の間の荷物を指さした。

「ああ、ありがとう。日本酒はやっぱり燗をして飲むのがいい」

「料理にも使えるし」

「越乃寒梅を料理に使うのは、もったいないな」

キッチンのほうから、

「あら、料理にもよいお酒を使ったほうが、やっぱりいいのよ」

「そりゃそうだけど……高志《たかし》君は飲まんのかい、これを？」

と娘婿の好みを尋ねた。

「いつもこの時期、半ダースほど届くの。新潟に知人がいて」

「そりゃいい」

「でも、高志さん、自分では飲まないの。みんな配っちゃう」

「好きじゃないのか、この銘柄が？」

「ううん。そうじゃない。ただ、あの人、お酒なら、なんでもいいのよ。近所の酒屋で買ったもので平気なの。だったら越乃寒梅は喜ぶ人にあげたほうがいいって。海老《えび》で鯛《たい》を釣る魂胆よ。よろしく」

「わかった、わかった。おっ、いいお洋服、着てるな」

と、話題は積み木を並べている孫のほうへ移った。

「この子、わりと手先が器用なのよ」

「お前も器用なほうだろう。お祖母《ばあ》ちゃんも器用だし。わが家の女系はみんな似ている」

　男系は数も少なく、なぜか男子の誕生には恵まれない一族である。


　一月二十三日、土曜日。辰治は朝から決心を固めていた。用意を怠りなく整えていた。

　用意といっても、さほどのことではない。多少の金銭。歩きやすい足まわり。私鉄とJRの乗車カード。帽子とマスク。帽子は以前に被《かぶ》っていたものを簞笥《たんす》の奥から見つけ出し、

――これなら寿子も覚えていないだろう――

と利用することにした。

――これで、よし――

むしろ、用意をすることより、それに感づかれないほうが大切だろう。本当は「今夜、出るのか」と直接、聞きたいところだが、これがむつかしい。これまでには一度も尋ねたことがなかった。たいていは直前まで忘れていたし、ことさらに確認したことはなかった。不自然な行動は避けたほうがいい。辰治はいつものようにテレビをながめ、新聞を読み、ゴロリと炬燵に寝転がって過ごした。

午後三時を過ぎた頃、

「今日は出ますから。明朝、帰ります」

型通りに寿子が告げた。声の調子は、

――いつものことだから、もうわざわざ言うほどじゃないと思いますけど――

まことにさりげない。

「あ、そう」

無愛想に答えた。

安堵《あんど》の胸を撫《な》でおろす。十中八、九まちがいないと思っていたけれど、ここで予定が変更になったりすると、拍子抜けを起こしてしまう。意気込みがしぼんでしまう。

六時過ぎに二人で少し早めの夕食をとった。

「飲みますか。祥子が持って来たお酒」

「いや、今日はいい」

鮪《まぐろ》の味噌《みそ》漬けにしじみの味噌汁。キャベツと玉ねぎのいためもの。白菜の漬けもの、そしてモロヘイヤのふりかけ……。献立はいつも通りだ。

寿子はあと片づけをすませ、平素と変わらない外出着になって、

「じゃあ。明日のパンはケースの中にありますから。ゆで卵も笊《ざる》にありますけど、温かい目玉焼のほうがよかったら自分で作ってくださいね。あとキャベツと玉ねぎ。火を入れれば、おいしいいためものになるわ。牛乳も冷蔵庫の中にありますから」

「うん、大丈夫だ」

朝食くらい辰治は充分に仕度ができるほうである。

テレビの歌番組を見ながら背中で寿子の動作をさぐり、間もなく、

「それじゃあ、よろしく」

バタンとドアの閉じるのを聞いて迅速に行動を開始した。まずテレビのスイッチを消した。炬燵と床暖房はすでに切ってある。リビングルームの灯《あか》りだけをつけっ放しにして大急ぎで靴を履いた。古いコートを羽織った。ドアの鍵をかけた。

――寿子はエレベーターで降りただろう――

表示ランプが下の階へと向かっている。辰治は階段を駆《か》け降りた。

マンションから表通りに出るまでは三十メートルほどの一本道。どこへ行くにせよ、ここを通って行かなければならない。

外に出ると、寿子のうしろ姿が見えた。ベージュのコート。黒いボストンバッグ。スタスタと歩いている。昔から姿勢のいいほうだ。辰治は帽子をまぶかに被り、マスクをつけた。二、三十メートルの間隔をおいて跡を追った。

寿子のうしろ姿はなんの懸念も示さない。まっすぐに歩いて行く。人の群れを縫って行く。追いかけながら辰治は稚気にも近い興奮を覚えた。人を尾行するなんて、映画やテレビでは何度も見たことがあるけれど、自分自身がやるのは初めてだ。なんだかおもしろい。

——探偵ごっこだなあ——

見失うおそれは、今のところ、まあ、ない。それにしても、

——二十数年間、一度も疑ってみなかったのは、なぜかな——

われながら不思議である。まったく疑念を抱かなかったわけではない。しかし、しつこく尋ねようともしなかったし、密《ひそ》かに探ろうともしなかった。

——夫として暢気《のんき》すぎたかなあ——

この反省はないでもない。反省というより、

——人が聞いたら、どう思うだろう——

阿呆《あほう》呼ばわりされるのではあるまいか。とはいえ尾行までして人の秘密を探るなんて、辰治の好みではない。関心はあっても、ちゃんとした人間がやることではないだろう。やっていいことではないと思う。まして誠実に生きている自分の妻を探るなんて……やっぱり気が咎《とが》める。そうであればこそ今日までなにもやらずに来たのだった。

——でも二十八年も繰り返されたとなると——

情状を酌量される余地はあるだろう。

五分ほど歩いて駅に着いた。寿子はまっすぐに改札口に向かう。

——乗車カードを用意して来てよかった——

寿子もそれを所持している。だから、そのまま改札を抜けて行く。少し間隔をおいて辰治もカードを投入して改札を潜《くぐ》った。

寿子は上り電車に乗る。

辰治は同じ車両の、少し離れたドアから背を向けて乗り込んだ。車内はすいている。坐席は全部埋まっていて、立っている人が七、八人。寿子は空席を見つけて座ったらしい。が、見通しはわるくない。

——まずいなあ——

こっちに目を向けられたら、きっと見つけられる。新聞でも用意しておいて体を隠せばよかった……。だが、寿子はよもや自分が見張られているなんて、考えてもいないだろう。きっとそうだ。

終点。乗り換え駅で降りた。プラットホームも、改札口も、通路も、みんな相当に混み合っている。寿子はＪＲの乗り場へ向かっているようだ。辰治は距離をつめて、寿子の肩だけを凝視して跡を追った。

尾行というものは混んでいても、すいていてもむつかしい。ほどよい人込みが一番楽である。

ＪＲの車内は、そんなほどよい混みぐあい。寿子はぼんやりと窓の外を見ている。

――なにを考えているのだろうか――

今夜の計画、これから起きること……。だれかに会うとしたら、そのだれかのこと……。

辰治は考えた。

――もし自分だったら、どうだろう――

やっぱり男女の仲。二十数年昔のせつない恋。断腸の思いで別れた……。それが冬の寒い日。「毎年この時期に会おう」「ええ。死ぬまで」「かならず」たとえようもなくロマンチックな話ではあるけれど、

――本当にそんなこと、やるかなあ――

五年や十年ならともかく、二十年を越えて続くとなると、どことなく現実味が薄い。日取りが毎年少しずつちがうのはなぜなのか。どこかから連絡が入る様子もない。

それに……よくはわからないが、寿子の様子にはうきうきしたところが少しもない。少なくとも服装は普段とほとんど変わらない。ロマンチックな情況が伏在しているとすれば、もう少しおしゃれをするのではないのか。見栄《みえ》を張るのではないのか。

四ツ谷《よや》駅で降りた。一瞬、寿子が腕時計を見る。

——急いでいるのかな——

時間の約束があるのだろうか。

裏手の改札を抜け、まっすぐに行く。足取りに迷いはない。街路樹の下を行き、角を曲がった。

辰治が角を曲がったとき、もううしろ姿はない。が、角の先に鉄格子の門扉を立てたホテルがあった。古風で、小さなホテル。知る人ぞ知る、といった感じ。辰治が門扉の前を通り過ぎながら中を窺《うかが》うと、ガラス戸の向こうに寿子のコートが見えた。ここが目的の場所であることは疑いない。

フロントでなにかを話している。笑っている。鍵を受け取るような動作が見えた。そして奥のほうへ……エレベーターのほうへ行く。

辰治は出入口に近寄り、肩をまるめて中へ入った。柱の陰に姿を隠すようにしてエレベーターの見える位置に立った。右手にティールームを兼ねたレストラン。さながらそこへ入ろうか入るまいか、ためらっているような仕ぐさをとって視線を走らせる。

寿子がエレベーターに入った。すぐ脇に階段がある。辰治は階段に近づき、周囲に人目のないのを確かめて駆け上がった。階段とエレベーターの位置は近い。だから二階に駆け上がったときエレベーターの表示が三階で止まるのが確認できた。そのまま三階まで急ぎ、階段のほうから廊下を窺った。

エレベーターを出た寿子がルーム・ナンバーを見ながら薄暗い廊下を奥へ進んで行く。どん詰りに近いドアの前に立ち……後で知ったことだが奥から二番目のドアの前で鍵を開け、中へ吸い込まれる。

三〇七号室。

辰治はドアに耳を寄せようとしたが、万一なにかの用があって寿子が急に出て来たりしたら大変だ。また階段のところまで後ずさりし、しばらくは首を伸ばして人気《ひとけ》のない廊下と三〇七号室のドアのあたりを見つめていた。

なんの変化もない。

足早に階段を降り、ゆったりとフロントの前を歩き、レストランのショウケースを瞥《べっ》見《けん》してから外へ出た。

ホテルの脇に路地があるのを、さっき見つけておいた。その路地は寿子が入った三〇

七号室の真下を通っている。さいわいなことに道は暗い。だが、

——待てよ——

ホテルの一室に入った客は、たいてい窓のカーテンを開けて展望する。ベランダがあれば、そこに出て眼下の街や道をながめる。いくら道が暗くても危ない、危ない。路地に入り込むことはやめておこう。

地形を探った。

この路地と並行して、もう一本奥手に細い道が通っているのがわかった。その道はホテルの窓からは見えない。そちらのほうを少し行って、そこから今度はホテルの窓の下へT字を作ってぶつかる道があるのを見つけた。T字のつき当たりは、ほとんど三〇七号室の真下になるだろう。電柱の陰から見あげた。

三階の、奥から二つめの部屋。ベランダがある。ベランダのむこうにフランス窓があり、カーテンのすきまが細い光を立てていた。

十数分ほどながめていたが、寿子がカーテンを開く様子はない。ベランダにも変化がない。

——寿子は部屋に入って、寛いでいるらしい——

あるいは化粧でもして、だれかを待っているのだろうか。

——さて、これからどうしよう——

寿子の行き先はつきとめた。ホテルは、いわゆるラブ・ホテルのような、いかがわしい宿ではない。文字通り、宿泊を求める客を迎えて泊まらせる設備である。名の知れたシティ・ホテルみたいに派手ではないが、女性客が利用するには、たたずまいも、おそらく料金も適切のように思われる。寿子がなにかの目的でここへ泊まろうとしていることは、ほとんどまちがいない……。ただ、

――なんのために？――

それがわからない。だれかを待っているのだろうか。電話で相手にルーム・ナンバーを伝えて……。もしそうならそのだれかがやって来るのを辰治は待って確認しなければなるまい。街灯の光に腕をさし出して見れば、八時四十三分。

――どれほど待てばよいのか――

やって来た相手をそれと確認する方便はあるだろうか。あれこれと思案をめぐらした。

厄介な話だが、

――夜通し見張るかな――

明日は日曜日。できない相談ではない。

――でも寒いぞ――

長く立っていては、通行人に怪しまれるだろうし、それよりもなによりも無駄な時間をたっぷりと過ごさなければなるまい。

ホテルのレストランに入ってコーヒーでも飲みながらフロントを窺うことも考えたが、寿子がコーヒーを飲みに来ないとは限らない。

——夕食はすましたはずだが——

待ち人といったんレストランで待ちあわせる可能性も皆無ではあるまい。

とりあえず駅のほうへ戻って薬屋で携帯用の懐炉を買っておこう。張り込みには、きっと役立つだろう。六袋入りを買い求めて戻る途中、

——そうか——

うまい知恵が浮かんだ。007の映画で見たことかもしれない。三〇七号室のドアの前に小石を置く。ドアが開けば……つまり人の出入りがあれば、小石が動く。

小指の先より小さい石を拾ってホテルに戻ったが、

——ありゃりゃ——

当てが外れた。部屋のドアは中へ引くようになっている。

——だったら……よし——

探偵ごっこがだんだん本格的になってくる。駅前のコンビニエンス・ストアでセロファン・テープを入手した。

人の出入りの激しいホテルではない。フロントにもだれもいないことが多い。ベルを鳴らして呼ぶシステムになっている。これは助かる。

忍び足で三〇七号室に近づき……これこそ007の知識だと思い出したが、髪の毛を一本、横にしてドアと壁とにかかるようセロファン・テープの小片で留めた。引き戸であろうと、押し戸であろうと、これなら人の出入りを証明してくれるだろう。

ついでにドアに耳を寄せたが、カタン、小さな物音がして、中に人が……寿子がいるのがわかった。話し声はない。テレビの音も聞こえない。

――なにをしているのか――

見当もつかない。

T字路の角へ戻って何度か見あげた。三〇七号室の前を通って髪の毛を確かめた。スリリングと言えばスリリング。ばからしいと言えばばからしい。まさしく少年に返ったみたい……。しかし、

――今日は、それなりの答を得なければいけない――

せっかく行動を起こしたのだから、なんの収穫もなく手ぶらで帰るわけにはいかないのだ。

携帯用懐炉の袋をもんで背中に入れた。いつのまにか十時を過ぎている。あい変わらずなんの変化もない。人の出入りがあっても寿子との関わりはない。

――ままよ――

とばかりレストランに入って温かいコーヒーを頼んだ。ここのラスト・オーダーは十

時半である。この時間になってみると、

——寿子はだれかに会うわけではない——

という判断に傾く。たった一人になって夜を過ごすこと自体が目的なのではあるまいか。一年に一度、だれにも煩わされることなく自分の来しかた行く末に思いを馳《は》せる……。神と対峙《たいじ》する……。生真面目な寿子の性格を考えると、それはありうることかもしれない。

十一時になって、もう一度、三〇七号室のドアを確かめた。水音が聞こえる。風呂に入るらしい。それからT字路の角でながめ、カーテンから漏れる光の筋が薄暗くなっているのを確認して、

——今夜はここまで——

帰路につくことにした。

マンションに帰り着くと十二時をまわっている。

——疲れた——

燗酒を飲んだ。一気にあおって酔いを促し、そのまま歯も磨かずに布団に入った。

厭な夢を見た。寿子が極悪非道の怪物に襲われている。腹を裂かれている。なのに笑っているのはどうしたことか。

四時過ぎに目をさまし、そのまま起きた。パンを焼き、バターをたっぷりとつけ、ゆ

で卵と一緒に喉に送り込んだ。飲みものは温かい牛乳。タートルネックのセーターを着込み、さらに厚手のマフラーを巻き、コートのボタンをしっかりと留めた。

外はまだ暗い。寒い。

──始発電車かな──

ほとんど客の乗っていない電車に乗った。ＪＲに乗り換えると、乗客の数が増えた。

朝帰りらしい客、魚釣りにでも行くらしい客。

──日曜日なんだ──

と思った。

四ツ谷駅で降りる。東の空が明るい。雲が赤味を帯び始める。

太陽がヌッと雲間に輝く。

ホテルの門扉は細く開いていた。まずＴ字路のほうへ。カーテンが三十センチほど開いている。昨夜とはちがう。寿子は目をさまし、カーテンを開けたにちがいない。

ホテルの出入口を潜り、注意を払いながら三〇七号室の前へ行った。

異常なし。髪の毛は貼りついたままだ。だがドアに耳を近づけると、テレビの音が聞こえる。朝のニュースだろうか。中で足音が……寿子の動く音が聞こえた。

──今日はどうするのか──

またホテルの外に出て、今度は出入口を遠く望める位置で待った。

犬を散歩させる人……、ポツンと立っているだけでは怪訝《けげん》に映るだろう。だから行ったり来たり、さりげない視線をホテルの出入口に向けながら歩いた。

ちょうど門扉の前に来たとき、中にベージュ色のコートが見えた。エレベーターからフロントへ……そんな動作のように見えた。二、三歩踏み込んで注視すると、

——寿子だ——

料金を払っているらしい。朝食も食べずにホテルを出るつもりらしい。こっちへやって来る。辰治が遠ざかると、弾むような足取りで寿子が表の道に現われた。そして駅のほうへ向かう。

——どうしよう——

辰治はとっさの判断で、尾行よりホテルのほうへ足を向けた。フロントに立って、

「今の女性、よく見えるかたですか」

と尋ねてみた。

「えっ？」

「常連さんのようなので」

「いえ、常連さんじゃありませんけど」

「初めてのかた？」

「確か去年も見えたとか。そう言ってらっしゃいましたよ。去年もやっぱり寒い頃に、

今ごろでしたか」

と、フロントの男はおぼろげながら記憶があるらしい。

「毎年見えるの？」

「いえ、古いことはわかりませんけど。調査所のかたですか？」

と気色ばむ。余計なことを話しすぎたと考えたらしい。

「いや、そうじゃないけど、ちょっと」

「プライバシーはお話しできません」

と睨《にら》む。

「いや、そういうことじゃなく、どうも」

と退散した。

駅までを急がねばなるまい。息があがって苦しい。

プラットホームに立っている寿子を見つけ、同じ車両の遠い位置から観察した。

いつもと少しも変わらない。朝の八時をまわって……家路を急いでいるみたい。

この推測は百パーセント的中した。寿子はどこへ立ち寄ることもなく、まっすぐに自宅へ戻った。辰治は跡を追い、先へ行くチャンスを見出《みいだ》せない。

寿子は鍵を開けて家へ入る。

「ただいま」

返事はない。当然のことだ。
二、三分遅れて辰治がドアを押した。
「あら、どうしたの？」

「一人だからコーヒーでも飲もうかと思って……でもしまってた」

と、つくろった。

「じゃあ、朝ご飯は？」

「夜中に食べた」

「肥《ふと》るわよ」

「ゆで卵だけだ」

「コーヒーを淹《い》れてくださいな。私、飲みたいから」

「ああ」

寿子はコーヒーと一緒にトーストを作って食べる。それが彼女の朝食であり、いつもと変わらない日曜日の始まりだった。

——なんなんだ——

結局なにもわからないに等しい。

午後になって、

「昨夜はどこへ行ったんだ？」

思い出したように尋ねてみた。

「いつもとおんなしよ。聞かない約束だったでしょ」

寿子は大仰に笑い、洗濯物の整理に忙しい。

それから一カ月ほど経って積年の疑問が簡単に解けたのは、なぜだったのか。

日曜日の昼さがり。寿子は世話になった人に贈る買い物があるとか言って外出した。

祥子が貴子を連れて遊びに来た。元気のない貴子を顎で指し、

「今日は朝が早かったから」

「寝かせたらいい」

炬燵の脇に布団を敷き、貴子を寝かせた。父と娘は見るともなしにテレビを見ていたが、どのチャンネルもつまらない。辰治がふと思い出し、テレビを切ってから、

「祥子、知ってるか。お母さん、今ごろになると、いつも一晩泊まりがけでどこかへ行くんだ」

世間話でもするように尋ねた。

祥子は父の顔をキッと見すえたが、

「もちろん、知ってるわよ。旧暦の元旦でしょ」

軽い調子で答える。いつもこの時期というのは、そういう理由だったのか。旧暦は毎

年少し日取りが変わるはずだ。

「なんなんだ、あれは？」

「知らないの？」

娘はなにか知っているらしい。

「知らん」

「人に話しちゃいけないことなんですもんね」

「そうなのか。だから今まで聞かなかったけど、このごろ気になって」

娘は少し考えてから父には教えてもよいと思ったのだろう。座り直して、

「お父さんまで知らないとは思わなかったわ。お祈りに行くのよ」

「お祈り？」

「そう。真夜中から夜明けまで。一人になって」

「なんでそんなことを？　だれに祈るんだ？　なにを祈るんだ？」

「家族の安全。一族の安寧ね。おかげでだれもひどいめに遭わないわ」

「そんなばかな……」

「ばかじゃないわ。そういう決まりになっているの。ずっと昔から……みたい。お母さんから娘へ、その娘から、そのまた娘へ。十五歳になると、教えられるの。私もお母さんから教えられて……毎年やっているわ」

「お前も？　どうして？」

「だから一族の女性の務めなのよ。十五歳になって教えられると、なんとなくわかるのね。これがとても大切なことで、自分の使命だって。それが血の遺伝じゃないのかしら」

「いつから続いていることなんだ？」

「わからないわ。お母さんのお母さんも、そのまたお母さんも、きっと。卑弥呼《ひみこ》の頃からかしら、ねえ」

祥子は笑ったが、事の本筋を疑っている様子はない。納得しているらしい。

「そんな……」

父親は開いた口が塞がらない。

「だからみんな無事じゃないの。かならず女の子に恵まれるし」

呟《つぶや》いて祥子は、かたわらに眠っている貴子を凝視した。さながら見えない力に大きな期待をかけるように……。

——もしかしたら——

と辰治はわけもなく思った。

——この世の中のどこかに、こんな作用が実在しているのかもしれない——

女性たちの祈りによって一族が救済されるような……。辰治は、あらためて娘の顔を盗み見た。それから孫娘の寝顔を覗《のぞ》き、われ知らずブルッとおののいた。
――俺は怪しい女たちの血に取り囲まれているらしい――

# 初詣で

初めから意図したことではなかった。

新年早々に厄介なトラブルが生じ、敏樹《としき》は赤坂《あかさか》のオフィスに赴いて対応し、夕方の会合まで少し時間があった。

ずいぶんと暖かい。日も長くなった。

——去年も行ったことだし——

日枝《ひえ》神社の鳥居をくぐる気になった。小高い山のてっぺんに向けてエスカレーターが動いている。横手から境内に入り、茅《ち》の輪《わ》を抜けて社殿の正面に立った。

初詣での姿が目立つ。賽銭箱《さいせんばこ》の前には列ができて若いカップルが、

「味噌《みそ》漬《づ》けばっかしじゃ駄目だな」

「味噌漬けって……なによ」

「十円玉だよ」

「ああ。タバスコかけると、きれいになるのよね」

「銀色の、出せる。二人で一枚」

百円硬貨らしい小粒が銀色の弧を描いて消えた。

その隣では中年の男が帽子を取っておもむろに千円札を投げ入れる。そして二礼二拍して、入念に祈り、なにか呟《つぶや》いている。

――中小企業の経営者かなあ――

一礼を加えて首を振った。

――今年は景気がよくなるのだろうか――

敏樹は五百円玉をつまんだ。

――なにを祈ろうか――

祈るべきことは山ほどあるけれど、祈ったところでどうなるものか。

雅楽が鳴り、巫女《みこ》が踊りを始めた。破魔矢を買った人へのサービスらしい。

――去年も踊っていたかなあ――

はっきりとした記憶がない。ゆるりと歩きながら境内を見まわしたのは、

――大久保《おおくぼ》さんは来てないかな――

その思いがあったからだ。

しかし、そんな偶然のあろうはずもない。社殿のほうを見返し、次々に祈る人影を見て考えた。

——どれだけ信じているのか——

自分自身への気安め、懸念のありかを確認するための儀式ではあるまいか。

去年はこのあたりで声をかけられた。その記憶は鮮明だ。思い返してみれば……。

「本間《ほんま》さん」

と呼ばれた。

視線がはすかいに飛んでくる。久しぶりだが、すぐにわかった。口調が、声がおっとりと響いて、いつも快い。面差も、

——少し痩せたかな——

それほど変わってはいない。

大久保彩子《あやこ》とはこのすぐ近くの高校で同級生、大学でも同じ学部だった。勤勉で、頭がよく、なにかしら目標をすえて努力するタイプの人だ。敏樹とはできがちがう。そこに親しい時期もあって、学生のころには傘マークの下に二人の名前を連記されたりもしたけれど、そういう仲ではなかった。

彩子は充分に美しい。サラリーマンになってからは、旧友に、

「あんたたち、結婚するんじゃなかったのか」

と、からかわれもしたが、

「あんな上昇志向の人、疲れるよ」

本音だった。上等な人柄だが、結婚相手にはどうなのか。あのころは、もうそれほど親しくはしていなかったし、おそらく彩子のほうは、ただの一度も敏樹を恋愛や結婚の相手として考えたことがなかっただろう。せいぜい同窓会のたぐいで会うか、あるいは彩子はずっと赤坂界隈《かいわい》に住んでいたから、オフィスの近い敏樹と道で顔を合わせ、

「あら、お元気？」

「まずまず。あんたは？」

「あい変わらずね」

そんな程度の仲に変わっていた。

去年、ここで会ったのは……三年ぶりくらいだったろうか。

彩子はモスグリーンのコートに金茶のマフラー。ベンチに坐《すわ》り、絵馬を膝に載せていた。白い指に紺色の万年筆を握っている。なにかを書き込んでいたらしい。

「やあ」

と敏樹が近づくと、絵馬をクルリと裏返す。

「初詣で、なの？」

「そうだろう、たいてい、この時期は」

「言える」

「なに書いてた？」

彩子は板の裏を掌《てのひら》で撫《な》で、

「内緒」

「願いごとか」

「そうでしょ、たいてい、この時期は」

「言える」

敏樹も同じ台詞《せりふ》を告げた。

――結婚は、したのかな――

同級生なのだから四十三歳になるはずだ。

――早生まれだったな、確か――

いずれにせよ、そうはちがわない。この前会ったときは、独りだったし、

――この二、三年で……どうかな――

女性の四十代はいつ結婚したっておかしくないし、縁遠いと言えば縁遠いだろう。敏樹の直感としては、

――していない――

尋ねなかったけれど適中していたにちがいない。

彩子は腕をあげ、指を伸ばし、

「あれ、取ってくださいな。筆ペン」

と言う。

絵馬を売るところに、参拝者が使えるよう筆記用具が散っていた。筆ペンが転がっている。

「うん」

小走りに寄り、取って返して渡した。彩子は、

「見ないで」

背を向けて肩を動かす。さっき万年筆で書いた文字を筆ペンで塗り潰しながら、

「今年は、猪《いのしし》よね」

「干支《えと》？　うん、猪だ」

猪の絵に変わっていた。

彩子は絵もうまい。手早く描いたのに、まちがいなく猪とわかる。黒いのが一匹、鼻を上に向けて寝転がっている。

「うまい」

「飼ってる？　ペット」

「いや、無理だ」

父親はぼけ始め、母親は人工透析を受けている。二人の子どもは受験だし、妻は心身

の疲労が激しい。亭主は仕事で忙しい。会社の情況もけっして良好とは言えない。

「本間さんも、なにか書いたら」

彩子は指先で筆ペンを揺らして絵馬の売り場を顎で指した。

「いや、やめておく。とても絵馬の大きさじゃ願いごとが書ききれない」

筆ペンを取って売り場へ戻した。彩子は敏樹の動作を含み笑いで見つめていたが、

「じゃあ、今年の抱負とか」

と今度は万年筆を差し出す。

「抱負かあ。まだ決めてないなあ」

手を振って断ると、彩子は視線を落とし、所在なさそうに万年筆を膝の上で転がした。

濃紺の滑らかな軸が美しい。

「いい色だな」

「そう？」

「うん。シックだ。女物かな？」

「男の人が使ってもおかしくないわね。とっても書きやすいの。愛用してたけど、あげる」

また突き出した。

「いいよ、そんな」

「でも気に入ったんでしょ、この色。昔から好きだったじゃない、この色」

言われて、ずっと前、彩子がよく着ていた紺色のチュニックを褒めたことを思い出した。懐しい。

「わるいよ」

「気に入ったのなら、もらって。私、ほとんど使わないから」

「おれも、どうかな」

昨今はあまり万年筆を用いない。

「今年の抱負が決まったら……ねっ。パーカーのブルーブラックを使って」

これで書けと言うのだろうか。彩子は立って敏樹のポケットに万年筆を落とした。

「じゃあ、もらう」

彩子は本気でくれようとしている。

「いつまでもこんなところで話していても仕方ないわね。お茶でも、飲む？」

「えーと、三十分くらいなら」

「いいわよ、それで。ホテルのラウンジがあったわね」

「ああ」

「こっち、行きましょ」

矢印の下に稲荷《いなり》参道《さんどう》と記してある。

鳥居を連ねた坂を下りながら敏樹は、

「あんたの抱負は？　今年の」

と尋ね返した。

「えーと……」

と言い淀《よど》む。参道は向こうから上って来る人の群れもあって二人で会話するには向かない。敏樹は背後からの気配で、

――なにか言いたいことがあるな――

と感じたけれど、

――あとでゆっくり――

それ以上は尋ねなかった。それよりも、

「絵馬、どうする」

彩子は指先にぶら下げたままでいる。黒い猪が寝ている。

「これ？」

「境内のどこかに吊《つる》しておくんだろ。そうしないと願いが叶《かな》わない」

「どこか、ないかしら。高いとこ。一年間しっかり守ってほしいから、黒ちゃんに」

「うん？」

「神社に置いておくと片づけられちゃうでしょ」

「あ、そうか」

参道を降りると、彩子が先に立つ。行く先に二人の母校がある。キャンパスの塀と駐車場に挟まれた狭いスペース、そこに喬木《きようぼく》があって枝を突き出している。

「あそこ。高いところ」

「よっしゃ」

繁《しげ》みに踏み込み、低い枝を足場にして吊した。敏樹は充分に背が高い。

「近道、ない？」

「キャンパスを抜ければ遅刻坂だろうけど」

学生たちが急いで駈《か》け上る坂があるはずだ。

「駄目よね」

通用門も見当たらない。道を戻って表通りに出れば、ホテルは近い。ティールームを捜して窓際の席に向かいあった。

「なんにする？」

「ホット・ウィスキー」

彩子はいける口だ。清酒でもビールでもワインでも。敏樹より強いだろう。

「まだお日さま出てるぞ」

「いいの。少し体が冷えちゃったから。おいしいし」

「おれはコーヒーでいい」

彩子はオールド・パーのダブルをお湯で割るように頼んだ。

敏樹はポケットの中を探ってから、

「万年筆、本当にいいの？」

「使ってくださいな。いい色で、あなたの手に似合うわ」

「そうかな。あんたの抱負はなんなの？　さっき聞きかけたけど……」

正直なところ敏樹は彩子の様子に違和感を覚えていた。声も口調も昔と変わらない。話の途中で口もとを少しつぼめる表情も以前のままだ。だが、どう説明したらよいのだろうか、

——なにかがちがう——

あえて言えば、

——迫力がなくなった——

なんだかそんな気がする。穏やかだが、なにかしら強いものを秘めてる人だった。だから彩子がなかなか答えないのを見て、

「体の調子、どうなの？　風邪とか」

風邪をよく引く人だったし……。

「はやってるみたいね。でも大丈夫」

「うん」

ホット・ウィスキーを一口飲んでから、

「半年ほど前に仕事をやめて暢気《のんき》に暮らすことにきめたの。なんにもしないで、好きなことだけやって……なんとか生きていけるんだから」

「好きなことって？」

「お芝居を見て、本を読んで、お酒を飲んで……イージィ・イズ・ザ・ベストよ」

「ふーん。なんかあったのか」

そういう人じゃなかったが……。

「それが抱負。〝ねば、べき〟を捨てたの」

と、うれしそうに笑った。

「〝ねば、べき〟？」

「そう。ほら〝ねばならない〟〝べきである〟って、いっぱいあるじゃない。そういうこと、全部、やめることにしたの。明日までにこれをやらねばならない、この問題を真剣に考えるべきだ、とか、そういう〝ねば、べき〟から解放されちゃうのね、すっかり。ノンシャラン、ノンシャラン、浮いた、浮いたで暮らしましょ」

歌うように告げて肩をダラリと下げた。

「しかし、あんたにそれ、できるかなあ」

「私、本当は、とっても怠け者なのよ。怠け者だから早く楽になりたくて、それで励んじゃうようなところがあったのね。小さいころから〝ねばならない〟〝べきである〟って、さんざ言われて頑張ってみたけど、なんだか詰まんない。一念発起して怠け者の本性に帰ったら、生きやすいし、うれしいし、最高」

アルコールが入って彩子は少し饒舌《じょうぜつ》になっていた。

「でも、できるかな」

敏樹は釈然としない。

「できるわよ。人には勧めないけど、私はご機嫌」

「なるほどね」

もう別れるタイミングが迫っていた。敏樹は納得とはべつな相槌《あいづち》を打って席を立った。

これが去年の正月のことだった。

別れたあと、ときどき……何度か思案をめぐらした。

――できるかなあ――

彩子の生活情況を考えるともなく思い浮かべてみた。もとよりそう詳しく知っているわけではない。

末っ子で、両親は高崎《たかさき》の近くで暮らしているはずだ。

——今もそうかな——

しっかりした兄さんがいて、実家のことで末っ子が果すべき役割は、きっと少ないのだろう。結婚はしてないし、当然、育てるべき係累はいない。仕事はやめたと言っていたし、お金もそこそこには所持しているのだろう。生きていくために働く、という必要はないのかもしれない。〝ねば、べき〟を捨てるにふさわしい情況は、かなりよく整っているように見えるけれど、この世に生きていて本当に〝ねば、べき〟から解放されることなんて、あるのだろうか。

少なくとも敏樹にはできない。絶対に不可能だ。むしろ毎日が〝ねば、べき〟で溢《あふ》れている。〝ねば、べき〟の連続だ。中間管理職は上にも下にも気を使わねばならない。得意先はもちろんのこと、下請けにだって配慮は必要だ。会社は儲《もう》けねばならないけれど、社会的に守らねばならないルールは厳然と存在している。コンプライアンスなんて言っちゃって……。家庭は家庭で大変だ。両親には、最善のことはできないまでも、なんとか安らかな一生を送らせたい。老後にどう対処すべきなのか。社会にも家庭にも、敏樹には課せられた〝ねば、べき〟が無数に実在している。

——おれだけじゃないぜ——

社会人として一通りの生活を営んでいる男なら……いや、女だって、だれもが〝ねば、べき〟を背負い、そこから逃れられない。

——彩子は、いい気なもんだな——

ネガティブな評価を下したくなってしまう。

新聞を見れば……社説がどうだ、投書欄がどうだ、と叫んでいる。テロは排撃せねばならないし世界平和を守らねばならない。地球の温暖化には本気で対策を講ずるべきだし、天下りは禁止すべきだ。選挙民は一票の価値を正しく認識すべきなんだ。子どもだって、宿題をやらねばならないし先生を尊敬すべきである。

週刊誌を見ていたら、

——あははは、そうなんですか——

日本の夫婦は世界で一番セックスの回数が少ないんだとか。四十代なら欧米並みに月に五回以上、じっくりと時間をかけて愛しあうべき、なんだとか。ご多分に漏れず敏樹は統計的に叱責される立場である。

——奥さんたちももう少し食事作りを大切にすべきだろうなあ——

どっちを向いても〝ねば、べき〟ばかり。生きていることは〝ねば、べき〟の連続なのだろう。ぬけぬけと「〝ねば、べき〟を捨てたの」などと宣言すべきではない。だから……敏樹としては、疑念を抱き続け、職場の昼休み、親しい仲間を相手に、

「〝ねば、べき〟を捨てること、できるかな」

と訴えると、

「〝ねば、べき〟？　なんだ、それ？」

だれだって聞き返すだろう。彩子が創った用語、流行語ではないらしい。

事情を説明すると、

「そりゃ、無理だろ。ねばならない、べきである。そればっかりだ。捨てられたら、いいけどな」

「よくもない。もぬけの殻みたいな人生だ」

それを彩子が望むだろうか、天からよい才能を恵まれた人だというのに……。

すると、相手が首を一つ傾《かし》げてから、

「孔子《こうし》の言葉にあるぞ。〝心の欲するところに従えども矩《のり》を踰《こ》えず〟だ」

古いことをよく知っている男だ。

「なんだ、それ？」

今度は敏樹が尋ねた。

「心が望むことをやっても道を外すことはないってことだ。好きなようにやってても、ねばならない、とか、べきだ、とか、いちいち感じないですむ境地だ」

「ふーん」

「知らんのか、〝吾《われ》十有五にして学に志し、三十にして立つ、四十にして惑わず、五十にして天命を知る、六十にして耳順《したが》う、七十にして心の欲するところに従えども矩を踰えず〃だ」

と無邪気に笑う、悪気のない奴《やつ》だ。

「聞いたことくらい、あるさ」

「しかし、孔子がこの境地に到達したのは七十歳だからな」

「なるほど」

「爺《じい》さんになって欲望が薄くなったんだな」

「ありうるな」

〃ねば、べき〃を捨てるのは欲望を捨てることかもしれない。

親しかったガールフレンドに初詣でめぐりあって、ほんのひととき旧歓を温めただけなら、どうということもなかっただろうけれど、奇妙な決心を聞かされたせいで、なにかの拍子に、

――ここにも〃ねば、べき〃があるぞ――

と意識させられてしまう。

もちろん、強くこだわるほどのテーマではない。魚の小骨を喉に感ずるくらい……それ以下かもしれないけれど、そうであればこそ夢になんかしきりに現われたりする。

夢というものは……眠りにつく前の十数時間のうちに脳裏をかすめたことが一番現われやすいのだとか。当人はほとんど意識していない。思い浮かべたことさえ記憶してい

ない。が、頭の片隅にチラッと浮かんだことは浮かんだのだ。それがしたり顔で夢に現われる。

まったくの話、日々の生活では山ほどの〝ねば、べき〟に遭遇している。こんな表現を教えられたばっかりに〝ねば、べき〟が脳裏をかすめやすくなってしまった。

――簡単には捨てられんよなあ――

その都度そう感じ、それが彩子の記憶を引き連れて夢に現われる。

彩子は「芝居を見る」と言っていたが、夢は歌舞伎の舞台らしい。遊廓《ゆうかく》の場面。花魁《おいらん》が登場して、これが彩子である。

「わちきは厭《いや》でありんす」

しかし花魁はナンバー・ワン・クラスだって、お客をとるのが職業だ。厭なお客もいるだろう。いくらナンバー・ワンだって勝手に〝ねば、べき〟を捨てるわけにはいくまい。苦界《くがい》という言葉もある。〝ねば、べき〟でがんじがらめに縛られているからこそ苦しい世界なのだ。

夢だから淫らに現われることもある。

蚊帳の中、彩子が全裸で坐っている。胸をあらわにしている。

――ああ、やっぱり――

彩子の裸形は美しい。見たことはないけれど、きっとそうだと思っている。

敏樹が首を振った。

――〝心の欲するところに従えども矩を踰えず〟だな――

と考えた。彩子を犯そうとは思わない。彩子にもそれが通じたらしい。彩子がうれしそうに頷《うなず》く。

――よかった――

蚊帳の中へ入ったら……彩子は〝ねば、べき〟を強いられたにちがいない。敏樹の中に……目をさましても歓喜が残っていた。

が、いつもそうとは限らない。

山道をとぼとぼと彩子が歩いて行く。去って行く。黒いうしろ姿しか見えないが、七十歳だとわかった。矩を踰えてるはずなのに……。

先にはろくなことが待っていない。〝ねば、べき〟が黒い口を開けて潜んでいる。

黒い影が振り向いた。

「やっぱり、駄目だったわ」

悲痛な声が漏れた。〝ねば、べき〟を捨てることなんか、できるはずがないんだ。

男が万年筆を使ってせっせと手紙を書いている夢も見た。敏樹自身らしい。毎日十通ずつ彩子に手紙を書かねばならない。彩子は自分では〝ねば、べき〟を捨てながら敏樹にはそれを命じて憚《はばか》らない。抗《あらが》うことは許されない。もうノルマが十日分も溜《た》まってしまった。

「一日怠けると、次の日は二日分やらなきゃ駄目よ。三日も溜めたら、もう大変」

高校で英単語を覚えたときを思い出した。かたわらに少女がいて、それが若い彩子らしい。

まったく、とりとめがない。一月に一度、二月に一度、くり返し、くり返しして〝ねば、べき〟に絡んだ夢を見た。


——少しは好きだったのかな——

混んだ電車の中、眠る前のひととき、彩子のことを考えた。未練とはちがう。

——あっちの道を行ったら、どうなっていたか——

可能性の問題ではなく、イマジネーションを楽しんでみるわけだ。

べつな道を選んでいたら、現在の家族は……ありえない。子どもたちは存在すらしない。ばからしい想像が次々に浮かび、文字通り、

——くだらない——

かき消すほうに心が向かう。信条として長くは考えない。

思ってもみよう。サラリーマンの仕事は二者択一の連続だ。A企画を選ぶか、B企画を選ぶか、取引きの相手として甲社がいいか乙社がいいか、日々決断を迫られている。

そう言えば、敏樹は学生のころ囲碁部に属していて、

「おかめ八目って言うだろ」

「ああ」

「あれ、ちがうな」

おかめ八目という考え方が納得できなかった。

おかめ八目は勝負をしている当事者より傍《はた》で見ている人のほうが客観的な判断ができるから八目くらい得をする、という謂《いい》である。

そうだろうか。

まれにはそんなケースもあるだろうけれど、当事者のほうがずっと真剣だ。二者択一、三者択一、いろいろ考えられる中から厳しい判断のすえ一つを選ぶ。一つしか選べない。一つに賭けるよりほかにない。傍観者はいくつかを思い浮かべ、可能性を思いめぐらしていれば、それですむ。よいと思った手を当事者が採用して、わるい結果になったとしても傍観者は、

「ちょっと失礼」

トイレットにでも行ってしまえば、それでいいのだ。

当事者はトコトン結果とつきあい、責任を負わなければいけない。

二者択一の道には……いくつかの道から一つを選ぶときには、つねにこの事実が伏在

している。当事者にとっては一つは実際に選ぶ道であり、それ以外は空想でしかない。だから……彩子とのことは、まともに考えうるテーマではない。

多少なりとも現実みがあるのは万年筆のほうだ。

――なぜくれたのかな――

紺色の軸はシックで、形もスマートで、使いやすい。万年筆なんて、ほとんど使わずにいたけれど、これがあるので、ときどき書いてみる。滑らかで、とても書きやすい。彩子はこれを握って、ときどき手紙などを書いていたのだろう。充分に使い込んだ感触が残っている。愛用の品ではなかったのだろうか。

――どんな字を書いてたかな――

思い出せない。手紙をもらった記憶は、はるかに遠い。年賀状の交換も、なかったに等しい。

――借りた本があったな――

その表紙の裏に彩子の名前が書いてあったのを思い出し、本を捜した。

本箱の隅にあった。

カフカの〈変身〉。古い文庫本。十年以上も前、たまたまハンドバッグの中にあったのを、

「おもしろい？」

「へんな小説よ。天下の名作だけど」

「読んでみるかな」

「いいわよ、貸したげる。返さなくてもいいわ」

「ありがと」

読んだことは読んだ。書き出しはヘンテコで、結末は忘れてしまったが、確か表紙の裏に彩子の名前が記してあったはず……。

文庫本をめくると、

――これ、これ――

少し大きめの字で〝大久保彩子〟と鮮明に書いてある。見れば、

――こんな字を書いてた――

と思い出し、きっかりときれいな書体は、

――彩子らしい字だな――

そう感じさせてくれたけれど、

――待てよ――

あらためて目を近づけてみた。

濃いブルーブラックのインキ。ペン跡の太さ。

――この万年筆ではあるまいか――

筆圧のちがいはあろうけれど、なんだか同じ万年筆で書いたもののような気がしてならない。

――十年以上前から使ってたんだ――

もとより絶対の判断ではないけれど、

――愛用の品をくれたんだ――

その思いは深くなった。

それほど繁く彩子のことを考えていたわけではないが、一年たって同じ新春に日枝神社へ来てみると、日溜まりのベンチからふいに「本間さん」と呼びかけた声が懐しい。コートの色までが甦《よみがえ》る。

この一年、連絡を取ろうと思えば取れただろうに、敏樹はなにもしなかった。住所も電話番号も知らないけれど、知る方便がないでもない。男女の仲は、男がなにもしなければ、なにも起らない。

――ずっと無関係を続けて来たんだし――

なまじ誘いかけたりすると〝ねば、べき〟を捨てた人には億劫《おっくう》だろう。この前は屈託のない様子でいたけれど、昔のボーイフレンドに誘われたら会うべきかしら……と迷うだろう。この〝べき〟は捨ててよい。また偶然会うくらい、それがほどのよいところだろう、と感じていた。

参拝のあと同じコースを踏んだ。キャンパスの脇の高い木。黒い猪を描いた絵馬がぶら下がっているだろう、多分……。

雨がパラパラと降ってきた。

——そんな天気予報だったかな——

参拝者は困惑しているにちがいない。

——なーんだ——

猪はいなかった。

同じ位置にべつな絵馬がぶら下がり、願いごとがしたためてあった。

そのまま小走りに表通りに出た。

それから四日たって業界の新年会で敏樹は高校時代の旧友に会った。立ち話をするうちに、

「ほら、あの人、亡くなったんだろ」

「だれ？」

敏樹が呟くと、

「知らんの？　あんた、仲良かったろ、大久保さん、大久保彩子って言ったっけ」

「えっ、いつ」

「十一月くらいかな、去年の」

「本当かよ」

「伝聞だ。けど、まちがいない。故郷の葬儀にまで行った奴がいるんだ」

同級生の情報ルートがあるらしかった。

「事故かな」

「ちがう、病気だろ」

「何病？」

「二年くらい病んで死んだっていうから、だいたい決まってんじゃないのか。膵臓《すいぞう》だとか」

「ふーん」

病名はともかく死は確からしい。

敏樹は酔って家に帰った。そのまま眠ったが、夜半を過ぎて目をさました。

家族はそれぞれ寝息をたてて深々眠っている。

敏樹はまんじりともできない。

去年の初詣での風景が、あらためて脳裏にのぼってくる。彩子は絵馬の表に万年筆を走らせていた。それからその上に、猪を描いて字を潰した。

――彩子は自分の病気を知っていたな――

あのとき……。それが死に到《いた》る病であることも。おそらく仕事をやめたのも、そのせいだったろう。

思いつくことがあって、翌朝、早めに家を出た。

「どうしたの？」

「うん、ちょっと」

赤坂見附《みつけ》で降りてキャンパスの脇へ急いだ。低い枝に足をかけ、絵馬を外した。

――やっぱり、な――

黒い猪はいないが、二行の文字が残っていた。薄れてはいるが、ブルーブラック。

あのとき彩子は絵馬を裏返して、書いた文字を隠し、それから敏樹に筆ペンを取ってくれるようにと頼んだ。猪を描いて文字を塗り潰した。

一年の時間が筆ペンの墨を消した。筆ペンの墨はやわに造られていたにちがいない。日光に当たり、風雨に打たれ、あとかたもなく失《う》せてしまった。万年筆のブルーブラックだけが残った。

〃どうぞ苦しまずに。ゆらゆらと残りを生きて逝きます〃

これが彩子の願いだった。

かりそめの安逸を求めて〃ねば、べき〃を捨てたわけではなかった。

ホテルのラウンジに立ち寄った。

テーブルの上に万年筆と絵馬と、それから持ってきた文庫本を並べた。筆跡を見比べ、万年筆の先で絵馬の字をなぞって色を濃くした。これを書いたとき、彩子はなにを願い、なにを覚悟したのか、ほのぼのと見えてくるものがある。

万年筆はなにかしら大切な役目を担っていたにちがいない。それを果し〝もうこれを使って大切なことを綴《つづ》ることはありません〟と、あとを敏樹に委ねたのではあるまいか。握ると、しっとりと彩子の心意気が感じられた。

――今年はどんな夢に現われるのだろうか――

万年筆と絵馬と文庫本を鞄《かばん》に収めた。敏樹にはたくさんの〝ねば、べき〟が待っているのだから……。

# 土に還る

旧年五月、京都・大原《おおはら》の寂光院《じやっこういん》が炎上したニュースを知って、晴樹《はるき》は、

——どれほどの被害なのか——

自分でもよくわからない損失感を覚えた。

ひとことでは説明がしにくい。寂寥感《せきりようかん》をともなっている。

貴重な文化財が焼失することに対する常識的な無念とは少しちがう。心の絆《きずな》を除けば自分とはなんの関わりもない寺なのだ。なのに、

——なんだか損をしたなあ——

と思う。

わかりやすく言えば、愛蔵品を紛失した感覚に近い。倫理的な嘆きではなく、損得の感情が混じっている。ほかの文化財だったら、こんな心理は抱くまい。

あらためて指折り数えてみると、寂光院へは五回……あるいは六回訪ねている。

一番初めは三十年も昔、父に勧められて行った。学生の貧乏旅行。一人旅なら京都あ

たりがよかろうと見当をつけた。日本の文化と言えば、やはり京都だろう。

「京都はみどころが多いからな。いろいろ行こうとすると、どっちつかずになる」

「うん？」

「大原がいいだろ。三千院《さんぜんいん》と寂光院。付近を散歩すると、いいぞ」

あとで知ってみると、父自身が大原の里に特別な思い入れがあったようだ。

短い旅だから欲張るわけにはいかない。朝早く東京を出発し、その日は二つの本願寺と二条城《にじょうじょう》、京都御所など町の中心部を訪ね歩き、安宿に泊まって翌日大原を目ざした。

後日に比べるとあの頃の大原は充分に鄙《ひな》びていた。高野川《たかのがわ》に沿って山中へ入る、といった気配が漂っていた。

が、たまたまあの日がそうだったのかどうか、三千院の前には観光バスがたくさん停《と》まっていて、寺内の見学も列を作って進む。

京都　大原　三千院
恋に疲れた　女がひとり
という歌がはやっていて、バスの窓からも漏れていた。

——しかし、なあ——

いつここに来れば、女が独りでいられるのか、建物も庭園も美しく、みごとな寺院だとは思ったが、静寂を感ずるのはむつかしい。

三千院から寂光院まで田んぼの中の細道を歩いた。蓮華《れんげ》が溢《あふ》れていた。観光バスのコースから外れているわけではあるまいに、今度はタイミングがよかったのか寂光院のほうは人数が少ない。正面から階段を昇って行く道も（後に閉鎖されたが）このときは開放されていた、と思う。

小さい境内なのに、閑静で、どことなく明るかった。花の季節ではなかったが、春光の中で優しく、ひっそりと建っていた。

わけもなく好きになった。

案内板を読んでこの寺の著名な由緒を知り（つまり、一回目はなんの予備知識も持たずに訪ねたのだが）ますます好きになった。

――〈平家物語〉と関係があるのか――

東京へ帰って〈平家物語〉のやさしい解説書を読んだ。〈大原御幸《ごこう》〉として知られるくだりである。

大学受験に日本史をとったので、表の歴史は一通り知っている。伝説のたぐいは……ご多分に漏れず晴樹は義経贔屓《よしつねびいき》のほうである。頼朝《よりとも》は好きになれないが、

――後白河院《ごしらかわいん》はワルだなあ――

と、そのくらいの判断は持っていた。後白河院はこの時代のほとんどの事件に暗躍している。あの手この手を使って台頭する武家勢力を牽制《けんせい》し、衝突させ、悲劇を起こして

いる。義経と頼朝のいさかいだって後白河院の仕掛けた結果と言ってもよいだろう。大原・寂光院は源平盛衰の仕掛人である後白河院が、その最大の被害者の一人、悲運の生き残りである建礼門院《けんれいもんいん》を訪ねて、この世のあわれを語り合った、その現場なのだ。境遇の激変、久しぶりの邂逅《かいこう》、さまざまな感情を恩讐《おんしゅう》のかなたへ追いやって趣きの深い対面となった、と、物語にはそう綴《つづ》られているけれど、

——よくやるよ、この人——

若かった晴樹は、後白河院に揶揄《やゆ》を浴びせたい気持になったのも本当だった。さんざ暗躍しておいて、その被害者に「あなたも気の毒だったねえ」だなんて、それはないだろう、と考えたからだ。

建礼門院の略伝も調べてみた。

平清盛《たいらのきよもり》の娘として生まれ、高倉《たかくら》天皇に嫁し、後の安徳《あんとく》天皇を産む。典型的な政略結婚の具であった。天皇の外戚となって勢力を拡大する、という清盛の野心をまっとうする形となった。が、清盛の死と、後白河院の画策により源氏が台頭し、平家はさながら坂道を転げるように衰亡する。やがて壇《だん》ノ浦《うら》で建礼門院は幼い安徳天皇、母・二位尼《にいのあま》らと入水《じゆすい》。しかし彼女だけが救助され、尼となって大原の寂光院で余生を送った。高貴な美貌の持ち主だったとか。入水のときが三十歳、死んだのが五十八歳。

——後半生も結構長かったんだ——

薄幸の女性の一生に思いをめぐらした。おそらく、あれよあれよと思う間に天皇の妻となり、子を産んで幼帝の母となり、一門の没落をまのあたりにしてわが子とともに死出の旅を敢行したものの、計らずも一人だけ助けられて逼塞《ひっそく》の後半生を大原で過ごすこととなる。来る日も来る日も死者たちの思い出を胸に甦《よみがえ》らせ冥福を祈って二十余年を送った計算となる。義経と並んで〈平家物語〉を代表する悲劇の主人公だ。今なお寂光院に静かな明るさが感じられるのは、晴樹が訪ねたときの天気のよさもさることながら、

——若くて、美しい尼さんの寺だったからかな——

と事情を知って考えたりもした。

友人や知人に、

「京都へ行って来た」

「へぇー」

「大原へ行った。三千院と寂光院」

「カッコいい」

「なんで、カッコいい?」

「教養があるんだな、おまえ」

京都をよく知らない連中にも感心された。建礼門院の悲劇でも語れば、さらによい反応が返って来る。

考えてみれば、晴樹はわざわざ山里にまで入って歴史のエピソードを実感して来たわけだ。当時はまだ東京の若者が京都まで足を運んで大原あたりまで行くことは珍しかった。寂光院そのものもよかったが、三千院から寂光院へ至る野の道がわるくなかった。たった一度訪ねただけで、軽薄と言えば軽薄だが、

――俺には京都に知ったところがある――

なんとなく寂光院にこだわりを持つようになった。それからは京都付近へ行けば必ずと言ってよいほど大原を訪ねた。しばらく行くことがなければ、わざわざスケジュールを作ってまで訪ねたりした。行くたびに観光客が増え、道のりまで短くなったように感じられる。山里の趣きは激減したが、それでも晴樹の愛着だけは残り続けた。


奇妙な男に会ったのは、確か三回目、会社の出張で大阪へ行き、その帰りにちょっと立ち寄ったときだったろう。

この日のことはぜひとも記しておかねばなるまい。

男は六十歳くらい。晴樹の父親と同じくらいの年恰好《としかっこう》だった。別れぎわに「島崎《しまざき》と言います」と名乗ったから、ここでは初めから島崎と記すことにしよう。

大原へ行くバスで隣り合わせた。そこでは、

「お一人旅ですか」

「はい。出張の帰りにちょっと」

「よろしいですなあ」

ひとこと、ふたこと話を交わしただけだった。

三千院の門の階段へ足をかけたとたん晴樹はたたらを踏み、靴の踵《かかと》が外れてポーンと高く飛んだ。みんなの視線を浴び、恥ずかしいったらありゃしない。いくら安物の靴を履いていても滅多に起きることではあるまい。

踵を拾い、列を離れて靴底に当ててみたが、簡単にはくっついてくれない。島崎が駆け寄って来て、

「はでにこわれましたな」

笑いながらナップサックの口を開けた。

用意のいい人だ。小袋の中に工具が入っている。接着剤のチューブもあって、

「貸してごらんなさい」

「すみません」

チューブを搾って踵を貼りつけ、そのまま乾くのを待った。

「初めてですか、ここは？」

「いいえ、三回目です」

「どうして？」

「なんか……好きなんです。特に寂光院が」

「それはいい」

並んで境内を歩いた。二人連れのような恰好になってしまった。

――面倒なことにならなければいいが――

と思ったが、相手はずっと年上だ。敬老精神が働く。

それに……靴を直してもらったから言うわけではないが、島崎は親切な人だった。よい人柄だった。

結局、半日以上も一緒に歩いたことになるのだが、どう言ったらいいのか、まだ社会経験の乏しかった三十そこその晴樹の目でながめても、島崎は相当に優れた人格の持ち主に思えた。

社長とか教授とか、社会的に偉いのとはちがう。若い晴樹に対しても島崎は屈託がない。押しつけがましいところがなく、対等に接する。友人感覚だ。年下に対する距離感の取り方が絶妙で、少しも邪魔にならない。配慮が行き届いている。一緒にいて愉快になる。あとあとになっても、

――あの人は、りっぱだったなあ――

半日で別れてしまったのが惜しかった。もう少しよく見ておけばよかった。一生を通しても滅多にめぐりあえる人柄ではなかったような気がする。

晴樹のほうは、

「平凡なサラリーマンです」

と身分を明かしたが、島崎は、

「あきんどですよ。細々と」

多くは語らなかった。日本の各地に気に入ったスポットがあり、それを訪ねるのが楽しみであるような話だった。その一つが大原で、島崎も寂光院を好んでいるようだった。

「優しい感じですね、ここは」

「ええ」

「明るいし」

同感だ。

「はい」

と答えると、

「暗いところにも案内しましょう。阿弥陀寺《あみだじ》。行きましたか」

「いえ、まだ」

寂光院から川沿いにさらに三キロほど入った山中に木食《もくじき》上人が建立した寺で、上人の木乃伊《ミイラ》が保存されているらしい。同じ大原にあってもここは訪ねる人が少ないようだ。木乃伊の寺にふさわしく、かすかに無気味さが漂っていた。が、話はそれではない。そ

こに着くまでの道中、

「仏像には檜《ひのき》の一刀彫りが多いんですけど」

と島崎が言う。

仏像には詳しいようだった。

「はあ？」

晴樹のほうはとんと知識がない。

「仏像になる木は、芽を出したときからちがうんですね、ほかの木と」

「はい」

「周囲の養分を充分に吸収して、まっすぐにどんどん育つ」

「やっぱりりっぱな木じゃないと駄目なんですね」

「それもあるけれど、芽を出して少しずつ木になる頃から、芯のほうでもう仏様ができ始めるんです」

「はあ？」

よくわからない。

「小さい仏様が木の中にあって、それが木と一緒に大きくなる。木が大木になる頃には、幹の中にご一体が埋まっているんです」

「へえー」

「本当ですよ」

事実として信ずるかどうかはともかくイメージは描くことができる。

「木の中に隠れているわけですね」

「そうです。優れた仏師が山の中で木を捜していると、すぐにわかる。ピンと来るんですね」

「あっ、あの木の中に隠れているって」

「そう。そこで仏様を疵《きず》つけないように木を伐《き》り出して、あとは中に埋まっている仏様を鑿《のみ》と槌《つち》とで彫り出すわけ」

「経験があるんですか」

「えっ、なんの？」

「仏様を彫った……」

「いえ、ありません。だけど、わかります。仏師が彫刻するんじゃない。もともと木の中に隠れているものを捜し出すわけですね」

晴樹は彫刻の作業場なんか見学したことがなかったけれど、気分は想像できる。彫像を作るとき、木を彫っているように見えるのはまだ初心者のレベルなのだろう。本当の名人上手ともなれば、あらかじめ木の中に隠れているものを探り出すような感じなのかもしれない。まして尊い仏像ともなれば、仏師の祈りに応えて鑿の先に現われる、そんな実感が漂うのではあるまいか。

晴樹はそう解釈したが、島崎の説明は少しちがった。

「本当なんですよ。これは、たとえ話じゃなく……。よい仏像というのは、そうやって発見されたものなんです」

「なるほど」

島崎は大真面目だ。晴樹の表情には困惑が宿っていただろう。

「信じていませんね？　仕方ない。でも、心に留《とど》めておいてください。いまにわかるときがきますから」

「はい」

「そうやって発見された仏像は須弥壇《しゅみだん》の上から人間たちを見つめている。恵みも垂れますけど、心のよい人間を捜している」

島崎には独特な信仰があるらしい。

「はい？」

「特に自分の寿命が尽きるとわかったとき」

「仏様に寿命があるんですか」

「いや、仏様に寿命はないけれど、仏像にはあります。もともとは木ですから。自然界の一部ですからね。自然のサイクルの中で生々流転を繰り返している」

と、これはすこぶる論理的だ。

「で、どうわかります？　自分の寿命を」

「大敵は火災でしょう。朽ち果ててしまうこともあったでしょうけど、ほとんどが火災に遭って焼けてしまう。でも仏像ですから、自分の運命を予知できるんですね。燃える前に仏像の心を、だれか心根のよい人に譲っておこうとする。譲られた人はますますよい人になる。それを見とどける頃、お寺が火事に遭い、仏像はこの世から消滅するんです。檜の芽の中に生まれて、長い一生を終えます」

「そうなんですか」

晴樹は笑って頷《うなず》いた。信じうることではないけれど、話としてはおもしろい。

島崎の物語はさらに続いて、

「仏像からよい心を預けられた人は、そのうちに俗世の穢《けが》れに耐えられなくなり、世捨て人となって放浪の旅に出るんですね、結局。みんながみんなというわけではないんでしょうがね。そうして野に果てる」

「野に果てる、んですか」

「そう。野に果てて風雨に晒《さら》され、大地に還《かえ》ります。その人が胸に抱いていたよい心も土に染み込み、檜の根に吸われ、芽の中に仏像を作ります」

「振り出しに戻る？」

「双六《すごろく》ですか。まあ、そんなもんでしょう。そして仏像を隠した檜が育つ。大昔からずっとそういうサイクルをくり返しているんですよ」

「なるほどねえ」

不思議なことを考える人がいるものだ、と晴樹は思った。

話が途切れ、阿弥陀寺の門前に来ていた。木食上人の木乃伊は拝観できなかったが、上人の遺髪を植え込んだ木像があった。その脇に安置された、粗く削られた阿弥陀如来像を島崎が食い入るように凝視し、膝をついて拝んでいたのが心に残った。


心に残ったと言えば、このとき聞いた話が忘れられない。いま綴ったことである。ばからしいと思いながらも一定の説得力を持って晴樹の心に引っかかり続けた。

島崎とは京都駅近くのバス停で別れて、それっきりになってしまったが、晴樹はこのとき以来仏像を見るたびに、

――これも檜の幹から彫り出したのかなあ――

と想像をたくましくした。仏像が自分の滅びるときを予知して、よい心を預けるにふさわしい人間を捜していることも、しばしば心に甦った。

――俺は無理だな――

と晴樹は思いながら、周囲にだれもいないときには、

「いい人、見つかりましたか」

と、御仏《みほとけ》の像に笑いかけたりもした。

すると……晴樹はきまって自分の父親を思い出してしまう。

父はいっぷう変わった人柄だ。人生の大半を地方公務員として過ごし、この方面では格別大過もなく平凡な生き方だったが、若い頃には本気で出家を考えたことがあったらしい。

人間とは何か？

善とは何か？

この世の救済はありうるのか？

一途《いちず》に考えたことがあったとか。無口で、シャイで、自分を語ることなど、一人っ子の晴樹に対しても全くなかった。だから父の心中に去来したものなど晴樹はほとんど知りえなかった。言えるのは、素朴で、善良なこと。これはよくわかる。悪意とか、憎悪とか、嫉妬とか、ネガティブな感情は持ち合わせていない。子どもとして、父にそういうものを感じたことがなかったし、母もそう言っていた。つまり仏様に準じていた。

人づきあいは下手で、嫌い。孤独が好き。趣味は旅。たった一人で、どこへ行くとも告げずに日本の各地をめぐっていたようだ。

「お父さんは？」

「また風船よ」

どこかへ飛んで行ってしまうのだ。この点ではまったく身勝手な生き方を通した。母はそれでよかったのかどうか。

「仕方ないでしょ。面倒な人じゃないから」

若い頃はともかく、母は達観していたにちがいない。母も無欲で、虚無的と言ってよいほど人生に対して期待するものの少ない人だった。淡泊な生き方だった。だから……と言っては理屈がおかしいけれど、母は五十一歳で他界した。早世までもが母の性格と関わっていたような気がする。

父と晴樹が残された。

晴樹が結婚すると、父は、

「俺は一人のほうがいい」

「俺たちはべつに……」

「いいんだ。一人のほうが」

本音とわかったので、べつべつに暮らすことにした。ずっと借家暮らしだったから、こんなときは便利である。晴樹は郊外の社宅に入り、父は世田谷《せたがや》区に小さなマンションを購入した。

「お父さま、いいの？」

晴樹の妻は気にかけたが、

「いいんだ。少し変わっているんだ」

滅多に顔を合わせることもなくなった。一年に一度会うかどうか。孫が生まれても父は大きな関心を寄せてはくれなかった。

父も京都の大原が好きだった。寂光院が好きだった。はっきりと聞いたわけではない。気配でわかった。なにかの折に晴樹が三千院や寂光院を口に出すと、父の表情が……口もとが蠢《うごめ》く。

「阿弥陀寺というのがあって。奥のほうに」

と言ったときには、

「山を越えれば琵琶湖《びわこ》だ」

おそらく父のほうが詳しかったにちがいない。

とはいえ以上のことはどれもみな特筆大書するほどのことではあるまい。どんなに構成人員が少なくて、人づきあいの乏しい家族でも三、四十年を振り返ってみれば、もう少し話題にしてよい出来事がありそうなものだが、実際に思い出してみると月並なことしか浮かばない。やめておこう。ただ、その中にあって、あえて晴樹が父と寂光院のことを語ったのは、ここ数年微妙な変化が……ちょっとした事件が起きたからだ。

まず一昨年《おととし》の秋。晴樹は大原を訪ねた。琵琶湖のほうから入って先に阿弥陀寺に詣で寂光院へ向かった。

——あれ？——

野の道から民家の並ぶ一郭へかけて疎《まば》らに人影が続く。その中に父の姿を見たように思った。青いナップサックを背負って……。

すぐに見えなくなった。

東京では滅多に顔を合わせないのに、

——こんなところで会うのか——

と訝《いぶか》ったが、しばらく父の消息を知らずにいたから、よいチャンス、と言えなくもない。父がどんな様子で旅をしているのか、知りたくもあった。

晴樹は足を速めた。

だが、寂光院にたどりついてみると境内に父の姿はない。どう捜しても見つからない。

——変だな——

地形から考えて見失う可能性は少ない。むしろさっき遠くから見た姿のほうが見まちがいだったのかもしれない。

それ以上は気にもかけずに萩《はぎ》の乱れる庭をながめ、三千院のほうへと道を移すと、

——なんだ、やっぱり——

バスに乗り込もうとしている父を認めた。

今度はまちがいない。青いナップサックを揺らし、前かがみになって急いでいる。晴樹は二、三歩駈《か》けてみたが、バスが動き出すのを見てあきらめた。追ってみても無駄だろう。

三千院の見慣れた通路を踏みながら、しばらくは、

――旅先で父と会うなんて、確率はどのくらいかな――

と考えた。確率を考えるのは、晴樹の好みである。

一パーセントか、それ以下か……。確率は分数で計るものだろうけれど、分母がわからない。分子がわからない。偶然の邂逅は珍しいことにはちがいないが、まったくないことでもあるまい。長い一生のうちに一度くらいあっても不思議はない。

そして、それから数カ月、正確に数えれば八カ月たって寂光院が焼けた。放火らしいと知って憤りを覚えたが、その怒りの中に微妙な損失感があったことはすでに述べた。品物にたとえればわかりやすい。若い頃からずっと馴染《なじ》んできた思い出の品。それが紛失すればやっぱり無念だろう。損害を感ずるだろう。

しかし、さらに考えると、それとも異っているようだ。当然のことながら、寂光院は晴樹の愛蔵品ではない。愛蔵したのは、その思い出という、すこぶる頼りないもの……。それも執着と呼ぶほど強烈なものではなく、せいぜい慕情とでも言うのが適当な淡い関わりでしかなかった。ただサムシングが心の奥底に淀《よど》んでいる、小骨のように引っかか

る。

――なんなのかな――

よくわからない。とりあえず記憶の中にあるいくつかの風景が見られなくなったことを惜しむうちに、それと関わりがあるのかどうか、父が突然蒸発した。

この件は淡い関わりとは言えない。

しかし事情は簡単だった。晴樹のもとに封書が届き、時候の挨拶のあとにいきなり、

〝このたび身辺を整理して旅へ出ることにした。長年の夢だった。心配しないでほしい。行く先は定めてないが、落ち着くようなことがあったら必ず連絡をする。好きでやることだから捜す必要はない。お金も生きていくくらいのものは充分に持っている。晴樹のほうでいよいよ困惑する事情が生じたら宮辺《みやべ》さんに相談してほしい〟

と、父の唯一の友人らしい人の名がしたためてあった。

驚かなかった。

――とうとうやった――

晴樹としては、こんなことがあるのではないかと考えていたふしさえある。

調べてみると世田谷のマンションはすでに売却していた。家財などろくなものがなかったけれど、それも処分したにちがいない。貯金のたぐいは、年金も含めて日本中どこへ行っても引きおろして入手することができる。そういうシステムができあがっている

はずだ。

晴樹の妻は、

「大丈夫かしら」

と危ぶんだが、

「心配ないさ。自分のことは自分でやれる人だから」

まるっきり不安がないわけではないが……仕方ない。

それよりもなによりも数カ月前に寂光院の付近で父の姿を瞥見《べっけん》したことのほうが気がかりになった。さらに言えば、ずっと昔、同じ界隈《かいわい》で島崎という男に会ったことが今さらのように思い出されてしまう。島崎の話は不思議だった。信じてはいないが忘れられない。忘れないまま心に染み込み、なにほどかの思考を晴樹の脳裏に定着させている。これも小骨のように刺さっている。

たとえば……寂光院の仏像は、みずからの焼失を予見しなかっただろうか。善良な心を父に託さなかっただろうか。父はその心を胸中に抱いて育て、旅に出たのではあるまいか。

そして、どこかでのたれ死ぬ。昔のさすらい人がそうであったように野の果てで……。人知れず朽ちて大地に還る。その土の中から檜が芽生える。檜が育って大木となる。木は幹の中に仏像を隠している……。

途方もない話だが、このイメージはわるくない。晴樹は気に入っている。妻に話したら、

「そんなひどいこと」

「どこがひどい？」

「のたれ死にだなんて」

「そうかな」

「本当にこのままでいいのかしら」

「いいさ」

「わからないわ、私」

あきれられてしまったが、おそらく妻の感覚のほうが正常だろう。

実際に父ののたれ死にを突きつけられたら晴樹とても困惑し、世間体も繕わねばならないが、率直な気持を言えば、

――わるくない――

心底からそう思うところもある。なによりも父の望みであった。これは確かだろう。みんなが大地へ還っていくのだ。その典型をまっとうするのは、一つの美意識ではないか。それを考えていると、

――島崎さんも死んだな――

わけもなく実感が胸に込みあげてくる。年齢を計算すれば鬼籍に入っていておかしくはない。不思議なほど善良な人だった。すでに仏像によい心を委ねられていたのかもしれない。父と島崎は似ている。今さらのように気づいた。

父の友人の宮辺にも一応は電話で連絡をとった。この人もまた父の友人にふさわしく恬淡《てんたん》とした人柄のようだ。

「心配ないと思いますよ」

「はい」

「お父さんは考えのない人じゃないいし、いったん決心したことは簡単にはあきらめない」

晴樹は知らなかったが、父と宮辺は古くからの知己なのだろう。

「そうです。根は頑固ですから」

「あははは。なにかあったら連絡してきますよ。あなたのほうも、どうしても連絡したいことが生じたら、私のところへ言ってきてください」

父と連絡をとる一縷《いちる》の方便を託されているのだろう。

「よろしくお願いします」

「大丈夫ですよ、ご心配なく」

「わかりました」

電話の声は唐突につけ加えた。

「出発前、挨拶に来たとき、お父さん、いい顔してたなあ。もともと人柄のすばらしい人だったけど、ここに来て、また穏やかになって……」

一層よい人になった、ということだろうか。

「はい？」

「妙なこと、言ってた。体の中で、なんかを育てているんだ、と」

「育てて、ですか」

「そう。胸のあたりで毎日毎日大切なものが育っているんだ、とか。よくわからなかったけど……」

よい心を育てていたんだ。さらに大きくして大地に還すために。

晴樹の住む家には小さな庭がある。雑草が繁茂している。

昨今は時折その上に寝転がって天を仰ぐ。

――親父《おやじ》も今ごろ、どこかで転がっているかな――

すると晴樹の心までもが父に同化する。

そう遠くない未来の情景が、そのときの気分が晴樹の中にも湧きあがってくる。みんなが大地へ還っていく。そのことがよくわかる。それは確かだとしても檜となってうまく甦るかどうか。その確率はどれほどなのか、ぼんやりと考える。

――また寂光院を訪ねてみよう――
どんなふうに焼け滅びているか……。

# 愛　犬

こんな話を聞いた。

中国の隋《ずい》の時代に猿を厭《いと》う王妃がいた。並たいていの憎みようではない。

「なにゆえにそれほど猿を厭うのか」

と尋ねる者があっても、

「厭《いや》なものは厭じゃ。理由などない」

と、けんもほろろ。

嫌悪は恐怖を呼び、猿の姿をかいま見ただけで王妃はひきつけを起こし、瀕死《ひんし》の状態に陥ってしまう。国中に猿を殺す命令が発せられた。

結果、都邑《とゆう》で猿を見ることがなくなり、人々は猿を忘れた。

何年かがたち王妃が没した。

その死顔は老醜をさらして驚くほど老いたる猿に似ていた。王妃は早くから己の面差の中に野獣の気配を見きわめていたのだろうか。

列車が郊外地の駅に着くと恵子《けいこ》はプラットホームを急ぎながら携帯電話を取り出した。だが春海《はるみ》の家の電話番号が登録されていないことに気づき、手帳を捜し出す。

今度は眼鏡がない。

四十代のなかばを越えて目がすっかりわるくなってしまった。自分で書いたメモも肉眼ではろくに読めない。

「えーと」

階段を昇りながらボタンを押した。

「もしもし」

すぐに春海の声が聞こえた。

「もしもし。私」

「今、どこ？」

「駅に着いたとこ」

「じゃあ、わるいけどタクシーで来て。今日は運転手がいないから」

一瞬、春海の家では専属の運転手を雇っていて、その人が留守……と、そんな事情を想像したのだが、それはちがった。一年ほど前に春海は若い夫を迎えた。初婚である。運転手とは、その人のことだろう。

「もちろん。そのつもりよ」

「わかるわね。桜田《さくらだ》病院まで来て、その三軒先」

「ええ。昔、一度、お邪魔したから」

「駅の付近は開けたけど、家のほうはあんまり変わっていないから」

「どうぞおかまいなく。夕食は食べちゃったから」

「なーんだ。おいしいお寿司屋《すしや》があるのに」

「お酒だけ、お願い」

「うん。チーズとかわきものを用意しておく」

「じゃあ」

と改札口を抜けた。確かに駅前の様子は変わっている。記憶はおぼろだが、こんなではなかった。

――四年……いや、五年前かしら――

春海が広い庭つきの家を郊外に新築し、それを見るために訪ねたのだった。その前の、世田谷《せたがや》の家には何度も行ったけれど、郊外地に引っ込んでしまっては、なかなか会うのがむつかしい。過日、同級会で顔を合わせ、

「ねえ、遊びに来てよ」

「ええ、そのうち」

「そのうちなんか駄目。わざわざでも時間を作って」

たまたま同じ沿線の町で仕事が予定されていた。

「じゃあ、来月の六日、金曜日。夜になってもいい？」

「翌日はお休みでしょ。泊まりがけで遊びに来てよ」

「いいの？」

昔とちがって春海が独りでないことを慮《おもんぱか》ったのだが、

「平気、平気。絶対よ」

「うん。わかった」

それが本日の訪問である。

春海とは女子大の入学式で出会って以来の知己である。一番親しい友人と言ってもよいだろう。当初は、

――なんだかお高く止まっている――

近づきにくかったが、よく知ってみれば邪気のない、よい人柄だった。卒業が間近になって急速に親しくなり、そのあとは四十人ほどのクラスの中で、二人だけがいつまでも苗字《みょうじ》が変わらなかった。つまり、ずーっと独身……。少なくとも一年前まではそうだった。二人とも長らく独身であったことも親しさを保つ一つの理由ではあったろう。

とはいえ二人の情況は相当にちがう。恵子のほうはたまたま納得のいく相手にめぐり

あわなかっただけのことだ。絵画が好きで、美術館の学芸員の仕事を続けている。とくに不足はない。

春海は父親に溺愛されて育った。女子大のときからすでに父一人娘一人の家族だった。父親は不動産会社の経営者で、なにほどかの資産を持っていたにちがいない。父親の死後、春海もいったんは不動産会社の役員に名を連ねたけれど（今でも名義はそのままなのかもしれないが）そのうちに、

「お嬢さんは経営からは手を引いてください」

やんわりと追い出しを宣告されたらしい。

当然のことだ。春海なんかがややこしい経営の現場に関わっていて、なにかのたしになるはずがない。邪魔なばかりだろう。充分な生活保証を代償にして実質的に父親の会社とは無縁な状態となった。

ここ十数年、春海はフラワー・デザインに凝りまくっている。布を素材にして花を造る。本物そっくりもあるし、自然にない色目の花を造ったりもする。たまに展示会を催し、腕はまちがいなくプロフェッショナル。だが、それを職業とするわけでもなく、気ずい気ままに暮らしている。

「私たち、変わっているから」

と春海は言い、その都度、恵子は、

「一緒にしないでよ。私は普通よ」

と反論する。これは本当だ。恵子は独身であることを除けば、なにもかも世間並みだ。2LDKのマンションに住んで月曜から金曜まで出勤する。月曜は美術館が休みになることが多いけれど、そのぶん土曜日曜に働くケースがよく生ずる。休日は朝寝をして、あわてて洗濯。食事は好きなものを作って食べ、昨今はダイエットに関心を払っている。時おり甥《おい》や姪《めい》が遊びに来て、そのときは愛想のいい伯母さんになり家族団欒《だんらん》のまねごとくらいはやる。せびられて東京ディズニーランドにも行く。

——代償行為ね——

自分が子どもを持たないことへの不足をこんな方法で少しカバーしている。

——春海とはちがうわ——

春海は人間関係の到《いた》って乏しい存在だ。血縁者も少ない。甥や姪の話なんか聞いたこともない。

「子どもって、うるさいばっかりじゃない」

「かわいいとこ、あるわよ。にぎやかだし」

「そこが厭ね」

と、顔をしかめる。本心だろう。春海は自分がわがままだから子どものわがままが許せない。わがままというものは、まわりにクッションがなければ、わがまま同士がぶつかってトラブルを起こす。恵子のほうは独りの生活が長くなり、だいぶ自堕落にはなったけれど、根がわがままじゃない。だから春海に対してもそれなりのクッションくらいにはなっているだろう。

「私、一人が好きなのよ」

と、これも春海の本心だろう。

ずいぶんと年の離れた父親に育てられ、母親は早くからいなかった。孤独に生きることは生まれつきであり、父親もそんなふうに育てたのではなかったか。

「あなた、たった一人で穴の中に暮らしてても平気なんじゃない？　何十年も」

「一人はいいけど、穴は駄目。庭がなきゃ」

「ああ、そうね」

もう一つ、春海については大切な生活の要件を話さねばなるまい。

春海は人間に関心が薄いぶんだけ犬についてはこだわりが強い。愛着が深い。

ううん。正直なところ、恵子にも春海の愛着の全貌はよくつかめない。つまり、春海が犬全体に愛情を注いでいるのかどうか……。

恵子の知る限り、春海はずっと愛犬のショウを飼っていた。白くて、まるまると肥《ふと》った秋田犬の雄。朴訥《ぼくとつ》な表情をしている。このショウを春海が愛していたことは疑いない。

春海らしい、わがままな愛しかたかもしれないが、なみなみならない愛情をショウに注ぎ続けてきたことは明白だ。ただ、犬全体となると……あの犬もこの犬も、他人様《ひとさま》が飼っている犬も、野良犬も、春海がみんな好きか、と問われれば、恵子は窮してしまう。ネガティブな答を考えてしまう。

はっきりと答えられないのは、春海がほかの犬と接している場面を見たことがないからだ。だから明言はできないけれど、春海の性格から考えて、博愛は似つかわしくない。広く、公平に愛するなんて、春海らしくない。汚い野良犬はもちろんのこと、どんな名犬でも他人が飼っている犬なんか、さして関心があるまい。ショウだけが好きなのだ。きっとそう。

とはいえ、あれだけショウが好きなのだから、

「ほんと、純粋で、忠実で、いいわよねえー」

と、それはショウの性格でもあろうけれど、犬一般の性格でもある。それを絶讃《ぜっさん》してやまないのなら、やはり犬全体もそんなに嫌いではあるまい。恵子は、ぼんやり同心円のような愛情図を考えてしまう。中心にショウがいる。その周囲にほかの犬がいる。その外側に人間だ。中心から外へ春海の愛情は薄まっていく。

「さすが美術館の学芸員。うまい構図を描くわねぇ」

と、春海自身も否定はしなかった。

まあ、そんなところ……。春海の頷《うなず》く顔を見ながら恵子は、

――私はどのへんにいるの？――

春海の愛情図の中で……。尋ねてみたかったが、声にはしなかった。ショウの外側であったことだけはまちがいないだろう。

恵子のほうは逆に犬になんか興味が薄い。

「かわいいと思わないの？」

「思うわよ、子犬なんか」

「そりゃ子犬はかわいいけど、本当にすてきなのは成犬ね。ショウはすごい。どう言えばいいのかしら。崇高なのよ。私のしあわせだけを願っているの。救世者ね。使命を帯びて、この世に送られて来た、そんな感じがするときがあるの。尊敬しちゃう」

「あなたを救うためだけでしょ。それって救世者って言わないんじゃない。救春海者よ」

「ううん。一人の、かよわい女性をしあわせにすることによって世間に範を垂れるのよ。一人を救えば上等。大勢を救うなんて怪しいわ」

「よく言うわ」

犬を好むのは、幼いときから家で犬を飼っていたことが大きな要因となる。ものごころのつく頃から犬と親しんでいれば、一生、犬に愛着が湧くだろう。

恵子は縁がなかった。母親に喘息《ぜんそく》のけがあって、

「けだものは駄目」

ずっと避けて来たから兄弟姉妹だれも犬好きにならなかった。かわいいと思うことはあっても積極的に飼おうとは思わない。第一、仕事持ちの独り暮らしが、どうやって犬を飼うのか、飼われる犬も気の毒だ。でも、

「独りだから飼うのよ」

と、これは春海の理屈である。勤め人ではないのだから四六時中、犬につきあってやれる。目をかけてやれる。無聊《ぶりょう》を慰めてもらえる。相思相愛を謳歌《おうか》して、どこからも苦情は来ない。不都合も起きるまい。

「まあ、いいんじゃない」

春海が犬を飼って、強いて迷惑を蒙《こうむ》る人を捜すならば、恵子くらいのものである。

ずいぶんと昔のことだけれど、いきなり職場に電話がかかって来て、

「あのね……」

電話のむこうで春海が泣いている。

「どうしたの？」

大事件を予測したが、

「あのね、ショウがね……」

犬のことだとわかった。

「ええ？」

「ショウがね、健気《けなげ》なのよ」

電話口で健気という言葉がよく聞き取れず、

――ケナゲって病気あったかしら――

愛犬が重病に罹《かか》ったのかとおそれたが、

「あのね、めったにそんなことしないんだけど、今朝がた、カレーパンをショウの前に置いてやったの。あの子、カレーパンが好きでしょ」

「あら、そうなの」

そんなこと、こっちは知らない。

「だからカレーパンを前に置いて私〝おあずけ〟って言ったのね」

「ええ？」

「そしたらキチンと正座をして、かしこまっていたけど、そこへ電話がかかって来て、隣の家から庭木を伐《き》りたいんだけど、ちょっと立ち合ってほしいって……」

春海の家が世田谷にあった頃のことだ。隣家との境がわからなくなるほど雑木が鬱蒼《うっそう》と繁《しげ》ってたのを恵子もよく覚えている。

「あなた外へ出ちゃったのね、そのまんま？」

「そう。どの枝を伐るか相談をして、植木屋さんにお願いをして……そのあと隣の奥さんが珍しい桜の本があるから〝お目にかけたい〟って言うのよ。前に聞いてたから縁側に腰をおろして見せていただいたの」

もう泣き声ではない。

「ええ」

「それが、いい本なの。辞書くらい厚いんだけど、全種類の桜が載っている図鑑よ。普《ふ》賢象《げんぞう》も鬱金《うこん》もみんなあるのよ。花も蕾《つぼみ》も葉もさくらんぼうも、みんな丹念に描いてあるの。断然気に入っちゃって」

春海はもうフラワー・デザインに凝り始めていたはずだ。

「でしょうね」

「ほしくなって。むこうも売る気だったのね。その交渉までやっちゃって」

たしかこれは後に古本屋さんに値段をつけてもらって春海が入手した、という事情だった。

「それで？」

昼の休憩時間だったからいいようなものの、そう長くはつきあっていられない。

「そうして家に戻ったら、ショウがね、カレーパンの前で、よだれをダラダラ流して……ずーっと、かしこまっていたのよ。かわいそうで、かわいそうで〝ごめん〟抱きついて謝ったわ。そうしたらなんにも言わずに……」

「そりゃそうでしょうね」

「ちゃかさないでよ。私の胸に飛び込んで来て、つぶらな瞳で、ただ訴えるだけなの。〝僕、ちっとも気にしてないよ、このくらい〟って。純真なのよね」

「犬って、たいていそうじゃない？」

「ううん。ちがうわ。ショウは特別ね。我慢をするだけじゃなく、こっちが失敗しても許すのよ、寛大なの。まったく厭味がないの」

しばらくのあいだ、春海はショウの純朴ぶりと、その愛らしさを語っていたが、恵子は、

「ごめんなさい。もう会議の時間なの」

「あ、ごめん。でもあなたに話せてよかった。ショウは本当にいい犬なの。どんな男よりいいわ」

「はい、はい」

あきれる気にもなれない。

似たようなことがいくつかあったけれど、恵子はあらかた忘れてしまった。

案ずるに、春海の主観としては「男よりいい」は本音だろう。犬はけっして飼い主を裏切らない。ひたすら忠節を尽す。完全な忠誠を好む価値観なら、犬ほどそれをよく守

ってくれるものは珍しい。おそらくショウは特別に性格のよい犬なのだろう。顔形も女たらしの美形ではなく、男らしく、頼もしい。愛敬《あいきょう》もある。アラン・ドロンではなく、ベルモンドのほうだ。

「ショウはネ、私の言葉がわかるし、心がわかるし、哲学を持っているの」

「どんな哲学？」

「誠実であることが、この世で一番大切だって」

「ふーん」

何度も何度も聞かされた。

きりがない。恵子もずっと若い頃、不実な男に逢《あ》って苦い思いを味わわされたことがあるから、

——誠実さが大切——

とは思うけれど、この人生で犬の誠実さこそが第一とは思えない。ただ、春海にはそれがいいのだろう。本当に誠実な男なんて世の中にそうそういるものじゃないし、春海は自分で自分の心の弱さを知っているから、絶対に裏切ることのないショウの愛にすがっているのだ。それはそれで一つの生きかただ。春海のハンドバッグにはショウのポートレートが入っている。時おりながめてほほえんでいる。キスをしている。

「顔が好きなの」

まったくの話、そばで見ていられない。

とりわけ恵子がよく覚えているのは、三年前のこと、これも涙の電話から始まった。号泣だった。慟哭《どうこく》だった。

声の途切れまからショウの死を知らされた。これは、まあ、カレーパンの〝おあずけ〟とは少しちがう。夜が更けるまで悲嘆のくさぐさを聞かされ、恵子としても慰めの言葉をたっぷりと重ねた。

とはいえ……慰めはしたけれど恵子も忙しい時期だったから、どこかにエア・ポケットがあったのかもしれない。人間の死とはちがう。うっかりしていた。春海もそのことをきちんと言ったのかどうか。

二日後にふたたび悲痛のほとばしる電話が入り、

「お葬式、来てくれなかったのね。見送るのが私だけなんて……。本当にみじめなお葬式だったわ」

恨みを含んでいる。

「えっ、そうだったの」

まさか葬式をやるなんて……。ううん、春海ならやるだろう。そこに思い到らなかったのは友人として腑甲斐《ふがい》ない。何度も謝ったが、

「いいのよ」

明らかにすねていた。ショウを失った悲しみは簡単には癒えない。その悲しみのせいもあってか、春海は恵子を許さない。許さないと言ったら大げさだが、ぎくしゃくしたものが残ったのは事実だった。二人の仲がほんの少し疎《まば》らになった。恵子は自分の到らなさを認め、心を尽して春海にいたわりの手をさしのべたが、春海の対応はどこか冷たかった。

——じゃあ、お好きなように——

となってしまう。実際、恵子の本心には、

——たかが犬じゃないの——

という思いがあり、それがどこかに見え隠れするのだろう。春海はそこにこだわっているのだ。

考えてみれば春海がショウを真実愛していたことはまちがいない。べつな犬を飼うことを勧めたが、

「馬鹿なこと言わないで。私、ショウが好きなの。身も心も」

紛れもない恋人の死であった。肉親の死であった。

つかず離れずのまま歳月が流れ、昨年の秋、春海の結婚を知らされた。一枚の葉書

で……。

——えっ、本当に——

驚いた。すぐに電話を入れた。

「おめでとうございます。どう？」

「まあねぇー」

声が弾んでいる。わるくはないようだ。

事情がほんの少しわかった。七歳年下の男……。フラワー・デザインの仕事で知りあったらしい。もよりの教会で式をあげ、披露宴は催さなかったようだ。恵子が行かなければ春海に親しい友人はいないだろう。新郎のほうにも関係者が少なかったのだろうか。いずれにせよ、

——春海はまだこだわっているのかしら——

ショウのお葬式のことを……。

不安を覚えた。このときもどこかちぐはぐのまま電話を切った。あとで考えると、春海は照れていたのかもしれない。二人で、まるで共同戦線でも張るようにして独身を通して来て、急に一方が黙って結婚するなんて……こだわりはむしろこちらのほうだったかもしれない。

そうして過日、珍しく春海が同級会に現われたのは、恵子と会うためだったろう。よ

りを戻したかったからだろう。

「ねえ、遊びに来てよ」

「ええ、そのうち」

「そのうちなんか駄目。わざわざでも時間を作って」

小声で訴えて、会の途中で帰って行った。

恵子もよりを戻したい。

――どんな人と結婚したのかしら。よい人なら、いいけど――

けっして野次馬ではない関心があった。

かくて金曜日の夕刻、仕事のあと、あえてまわり道をして春海の家へと向かうことになった。

駅前の花屋で豪華な花束を作らせ、桜田病院を過ぎたところでタクシーを止めた。確かに周囲の様子はあまり変わっていない。

「今晩は」

「どうぞ。待っていたわよ」

と飛んで現われる。やっぱり長年のいつくしみがすぐに込みあげてくる。

リビングルームに通された。テレビの上でショウの写真がかしこまっている。

「久しぶりだわ」

「五年前でしょう。新築の直後だったから」

「そのあとショウちゃんが死んで」

「あなたがお葬式に来てくれなくて」

「もう言いっこなしよ。次は飼わないのね。せっかく広いお庭もあるのに……」

「私、浮気はしないから。毎日毎日ショウのこと、くり返し思い出しているわ」

「そしたら今度は急に結婚通知でしょ。びっくりしちゃったわ。前から知ってたかた？」

「ううん。結婚の少し前。半年くらい前かしら」

「電撃結婚ね。ひとめ惚《ぼ》れ？」

「ちがう、ちがう。ほんの拍子よ」

「でも、しあわせなんでしょ？」

「どうなのかしら？　お食事は？」

「すまして来たの。おかまいなく」

とりあえず春海の淹《い》れる紅茶を飲んだ。それからワインとチーズに変わった。二人とも酒量は多くないけれど愛飲家のほうだ。グラスを傾けながら、とりとめのない話を交わした。

「いずれきちんとお祝いをするからね」

「いいわよ」

「ご主人様は？」

恵子としては、できればひとめだけでも会いたかった。当然のことだ。それが目的と言ってもよいくらい……。

「ちょっと用があって。あなたと二人で話すんなら、邪魔者なんかいないほうがいいでしょ」

「邪魔者だなんて……」

春海の様子を図りながら、

——わざとご主人を留守にさせたのね——

訳もなく、そんなことを考えた。

だが、恵子にとって好運と言うべきか、八時過ぎに玄関のベルが鳴り、インターフォンを取った春海が、

「なんなの？」

声の調子から、ご主人のご帰館らしいとわかった。玄関のほうから男の声で、

「ホテルで仕事してたら、大切な書類を家に忘れたことに気づいて」

それを取りに来たということだろう。

「厭ねえ」

「すぐ出るよ」

おそらく春海は、年下の、純朴な、そして自分が自由に操ることのできる男を夫として選んだろう、と恵子は想像していたが、短い会話からも、当たらずとも遠からず、それがおおむね正しいと察せられた。妻の旧友が訪ねて来て夜通し語り明かすから、夫は駅前のホテルにでも泊まることになったらしい。

トントンと二階へ上がって行く足音が聞こえた。

「うちの亭主よ」

「ええ。ご挨拶させて」

「笑わないで。無骨で、でっかいだけの男なのよ」

「笑うわけないでしょ」

トントンと下りて来る足音が響き、リビングルームのドアが開いた。

「いらっしゃい」

「お邪魔してます」

「どうぞ、ごゆっくり。私、徹夜でまとめなくちゃいけない仕事があるので今晩は失礼させていただきます。いずれゆっくりと」

深々とお辞儀をして体をまわして玄関へ急ぐ。

たしかにがっしりとした体格だ。頼もしそうな風貌だ。が、それよりもなによりも男の表情は疑いようもないほどショウに似ていた。物腰までがショウを髣髴《ほうふつ》させている。

玄関のドアが閉じて足音が遠ざかった。

# 爪のあと

## 一

　都城《みやこのじょう》で家具の見本市が開かれ、岡部恒平《おかべこうへい》は土曜日の昼、東京から空路で宮崎へ入った。恒平は商事会社に勤めて木工品部門の営業を担当している。ちょっと覗《のぞ》いてみる程度の用向きだった。

　空港から会場までは主催者が用意したバスで行く。午後いっぱいを当てて見学し、そのあとは懇親パーティー、さらに二、三の顔見知りと場所を変えて酒を酌み、市内の宿に入ったのは十時近くだったろう。

　とりあえず東京の自宅へ電話を入れた。

「はい、岡部です」

　妻の陽子《ようこ》の声はいつも明るい。

「おれだ。今、宿に着いたとこ。変わりないよな。加奈《かな》はもう寝たな」

答のわかっていることを尋ねた。四歳の娘がいる。この時間に起きているはずはない。

「ええ、もう。今日から音楽教室が始まって」

「どうだった?」

「好きみたい。わりと楽しそうにしていたから」

「あ、そう。えーと、月曜日は直接会社へ行く」

「じゃあ遅いかしら」

「いつも通りだ。わからん」

旅先で今日と明日、二泊することは伝えて出て来た。月曜日はいつも通りかもしれないが、明日はちがう。恒平は電話口に語りかけながら、ほんの少し良心の屈託を覚えた。

明日のスケジュールは……仕事ではない。観光に当てる。貫井朋美《ぬくいともみ》が来て案内をしてくれる。もちろん妻にはなにも伝えてない。

——昔の友人に会うだけじゃないか——

だが、これが言いわけであることは、だれよりも恒平自身がよくわかっている。朋美は、それがどれほどの可能性であったかはともかく、もしかしたら結婚していたかもしれない相手なのだ。

その朋美は宮崎で生まれ、宮崎で育ったとか。東京の大学を卒業し、しばらく東京に住んでいたが、今はまた故郷へ戻って予備校の教師をやっているらしい。ここ数年は年賀状を交換するくらいの関係が続いていたが、出張にかこつけて連絡を取ると、周辺のガイドを承知してくれた。明日の朝、迎えに来てくれる。

電話口から妻の声が、

「じゃあ、気をつけて」

「うん。おやすみ」

夫婦の会話は短く終わった。

——これで、よし——

鞄《かばん》を引き寄せ、書類を取り出す。この土地の酒は、ほとんどの場合、焼酎が出る。焼酎のほうが清酒より酔いが軽い。少なくとも恒平にはそうだ。もともとアルコールに強いほうではないが、今夜はもっぱら焼酎の薄いお湯割りを飲んだ。頭も体の調子も平静に戻っている。書類をながめて要点を拾って書き抜いた。今回は報告書を提出する必要はないだろう。文字通り遊びのような出張……。

——休日出勤だしなあ——

布団に潜り込み、テレビのスイッチを入れた。チャンネルを変えた。おもしろい番組がない。チャンネルの数も少ない。ペラペラと週刊誌のページをめくり、それにも飽きて灯を消した。

――九年ぶりになるのか――

朋美に会うのは……。恒平より一つ年下のはずだから三十六歳。誕生日は、確か十一月生まれ、さそり座と言っていたが何日かまでは思い出せない。もともと聞かなかったのか、聞いたのに忘れたのか、いずれにせよ遠い日のことだ。

あのころ恒平は調査結果の集計の仕事に就いていて、細かい作業を臨時職員に委ねていた。パートタイマーで現われたのが朋美だった。

浅黒く、元気そう。目が大きく、輝いて映る。呼びかけたとき、キュッと振りむく表情が、目の光がチャーミングだった。腕も脚ものびのびとした感じ。宮崎の生まれと聞いて、

――南国の人なんだ――

と実感したのが最初のころの印象だった。

大学を出て、大学院に進み、日本史の専攻と教えられた。

「なんでアルバイトなんか?」

「学芸員になりたいの」

「なればいいじゃない」

「適当な就職口がないんですもの」

「あ、そうなの」

博物館か美術館の職員を望んでいたらしいが、新規の採用は少なく、東京周辺はとりわけ狭き門であるような話だった。

集計作業は二人だけでやることが多く、おたがいに二十代のなかば、すぐに親しくなった。

あとになって思い返してみると、二十代はとても不思議な時期だ。同じ自分自身なのに、どこかが今とちがう。三十代とそう離れているわけではないのに二十代はやっぱり考えが足りない。考えていなかったのかもしれない。体験が浅いから考えても考えられないのだ。

なのに職業を選ばなくてはいけない。結婚相手も普通はこの時期に選ぶ。どちらも一生を左右する決断だ。

職業のほうひとつを採ってみても、

――なんもわかっていなかったなあ――

この感が深い。

商社マンなんて恰好《かっこう》いいな、と思って商社に就職したけれど、

――あのころのおれ、商社マンがなにか、まるっきりわかっていなかったもんなあ――

実際になってみて、知らなかったという事実がよくわかる。かけひきの多い仕事だ。

いつだって銭がからむ。人を出し抜いて〝なんぼ〟という仕事だ。きれいごとではすまされない。憧れとはちがうところも多い。どんどん馴《な》らされていく。

それに、当たりまえのことだが、商社に入ったからと言ってみんなが商社マンになるわけではない。営業以外の仕事もたくさんある。まったくの話、これが学生のころに考えていたことと一番ちがう点かもしれない。

「総務課へ行ってくれ」と言われれば、どの業種とも変わらない総務課の仕事をやるよりほかにない。もちろんとんでもない転勤もある。僻地《へきち》への赴任とか……。組織は遠慮会釈なく人を扱う。いつしか、

――ちゃんと月給をもらえるだけでも御の字なんだよな――

ゴルフ、パチンコ、カラオケに気を紛らすようになる。

二十代はまた女性関係が悩ましい。人生の一大設計と遊び心が同居している。恒平は、まあ、おおむねまじめなほうだった。女性とつきあうときは結婚を意識していた。よい伴侶を捜していた。しかし、

――どんな人がおれにいいのか――

これがまた、わからない。

容姿はよくわかる。きれいな人がいいのは当然としても、どういうきれいさがいいのか、はっきり言えばどのくらいの容姿なら自分はよしとするのか……。むつかしいとこ

ろもあるけれど、これはまだ判断のできることのほうだ。性格はそう簡単ではない。本性は見えにくいところがある。

　そう言えば、職場の先輩が言っていた。酔うといつもこの話をするので恒平としては耳にたこができかかっていたけれど、

「あのなあ、日本語にはいい言葉があるんだ。〝気ぼれ、顔ぼれ、床ぼれ〟って」

「なんですか、それ？」

　後輩は一度は尋ねる。

「うん。男が女を好むときのチェック・ポイントだ。気ごころにほれる。顔にほれる。それから、あははは、ベッドの相手としてどうか」

「そうなんですか」

「ああ、そうだ。三つともそろってればいいけど、そうはいかん」

「はい？」

「第一、一度にデータを全部提出してもらって、そのうえでチェックするわけじゃない。商談とはちがう」

「はあ？」

「だって、そうだろ。顔のよしあしは、すぐわかる。しかし性格となると、すぐにはわからない。大切な点を見落としたり、判断ミスの可能性もないとは言えない。ベッドの

ほうは手つけを打ってからじゃなきゃ、判断の機会が与えられなかったりしてさァ。むつかしいんだよ、まったく、いい嫁さんを選ぶのは」

それを二十代でやらなければいけない。遅くとも三十代の前半だ。恒平としては、

――おれは常識的なタイプだからな――

比較的早い時期から、わけもなく三十前には結婚をしようと考えていた。それが育った家の通念であったし、サラリーマンとしても安定した生活を送ることになるだろう。妻の陽子とは学生時代に知り合った。友人の紹介で知り合い、三年くらいをかけてゆっくりと親しさを募らせた。そこへ突然朋美が現われたのだ。

二

男と女が親しさを募らせていく。さながら坂道を登るように……。ゆるい坂もあれば急な坂もある。テレビ・ドラマや映画のように華やかではないにしても、それでも恋は恋、それぞれにとってはかけがえのない坂道だ。

恒平は結婚に到《いた》るまで六年あまりをかけた。多分長いほうだろう。同じキャンパスの友人から少しずつ恋仲へ。しかしサラリーマンになったばかりのころは仕事に夢中だった。全精力をそこに傾けなければならなかった。陽子との関係を深めるのがむつかしい。

——蒸気機関車と同じなんだよな——

恋愛関係もスタートには多大なエネルギーを必要とする。とりわけ男はそうだ。エネルギーを費やさなければなにも始まらない。

走りだしてしまえば、あとは、なんだ坂、こんな坂、なんだ坂、こんな坂、童謡の歌詞のように、片方に忙しい仕事を抱えていても、なんとか走って行くことができるけれど、学生時代の友人関係から質的な変化を企てるとなると、それなりのエネルギーを付加しなければなるまい。恒平にはそれが足りなかった。

一方、陽子のほうは、二十代の女性のつねとしてあれこれ複数の対象とつきあい、可能性を探っていたらしい。当然のことだ。恒平に対して一定の可能性を感じながらも、なお本心を計りかね、

——この人、私のこと、どう思っているのかしら——

不安を覚えたとしても、これも充分にありうるスタート・ラインの情況だったろう。

この不安は結構あとを引く。つきあい始めて三年ほどが経《た》ち、いったんはだれの目にも明らかな恋人同士になったのだが、ちょっとしたトラブルが生じ、口論となり、

「そういうことなら、おれ、いいよ」

「いいよって、どういうこと？」

「うん？　きみがいやなら……」

「ああ、そういうことね」

気まずくなって恒平が電話をかけても陽子が出て来なかったり、出て来てもそっけない時期が続いた。トラブルの原因は陽子がべつな男性とつきあっていることがはっきり見えたからであり、それがさほど深い関係ではあるまいと恒平は見当をつけながらも、虫の居どころがわるく厭味《いやみ》を言ってしまった。陽子のほうも虫の居どころがわるかったのか、そこへスタート・ラインの不安が加わり、

――この人、もともと私のこと、そんなに好きじゃなかったのかもしれない――

身を引いて、もう一度、情況をよく考え直そうとしたのだろう。すでに一度は抱き合った仲であったが、長い坂道にはこんな時期もけっしてないわけではない。

恒平のかたわらに貫井朋美が出現したのは、このタイミングだった。色白の陽子に比べると朋美は浅黒い。大きな目が輝く。この表情が小麦色の肌によくあって快い。出身地が宮崎と聞いて、

――元気がよさそう――

と、わけもなく好ましく感じた。

なにもかも神様のいたずらだったのかもしれない。勝手な言いぐさかもしれないが、恒平は真実そう思う。

肌の色ばかりではなく、陽子と朋美はなにもかもが対照的だった。陽子はひとことで

言えば常識の人だ。月並みのモラルを信奉し、男女の関係においても受け身である。大学を出てはいるけれど、おそらく本気で勉強したわけではあるまい。一通りの教養を身につけただけ。学んだことを職業に結びつけるわけではなく、ほどよい家庭に収まることを自分の信条としていただろう。

朋美はちがう。単身東京へ出て来て大学院にまで進んだ。職業を持って生きることを真剣に考えていた。

――自分の意志で自由に生きようとしているんだ――

と、これは知り合ってすぐにわかった。

なによりも陽子とはうって変わって情熱的。奔放と言ってもよいだろう。これも南国の肌にふさわしい。

すぐに親しくなった。

容姿については……顔ぼれとか気ぼれとか先輩の言いぐさが恒平の耳に残っているので、つい、つい、ヘンテコなチェック・リストを当ててしまうのだが、容姿については陽子と朋美、甲乙をつけがたい。それぞれが恒平の好みに適《かな》っている。気ぼれについては、よくわからない部分もあるけれど、陽子のほうは数年のつきあいがあるから七、八割がたはわかっているし、好ましい。朋美のほうは積極的に自分を表わすタイプだから、わかりやすく、その限りではわるくない。未知の魅力もある。つまり、どちらも気ぼれのチェックを通過している。

当時の情況は、まったくちがうタイプを提示され、

――さあ、きみはどっちを選ぶ？　熟慮したのかね――

と問われているみたい。そこにも恒平は神様のいたずらを感じないでもなかった。

そう長い期間ではなかったけれど、朋美とは仕事をともにし、コーヒーを飲み、食事をして一緒に映画を見たりした。そこそこに親しくなったところで朋美のアルバイトが終わり、

「また会おう」

「ええ。そうですね」

これからどういう関係を続けていったらよいのか、

――陽子もいることだし――

と恒平が戸惑っているとき、日曜日の朝、いきなり朋美が独り住まいのアパートに訪ねて来た。

「おはようさん。起きてますか」

住まいを教えておいたわけではない。住所を頼りに捜して来たのだった。

「驚いたなあ。入る？」

「ええ。朝食、用意して来たわ」

　バスケットの中からパンとハムとトマトが現われた。ポットにはコーヒーが入っている。

「すごいなあ」

「ろくなもの食べていないんでしょ、休みの日の朝は」

「まあ、そうだ」

　恒平はあわてて部屋をかたづけ、なんとか朝食のとれるスペースを作った。しばらくはたあいのない会話を交わしていた。テレビが有識者を集めて時局の討論を映していた。

「映画でも見に行こうか」

「そうね」

　短い沈黙があった。

　朋美が恒平を見つめ、恒平が肩に触れた。くすぐったそうに笑ったが、すぐに真顔になって顎をあげた。

　目が訴え、唇が赤く膨らんでいた。

　恒平は軽く触れた。そのまま肩を抱いた。

　――もうあとには引けない――

と思った。ぎこちない姿勢のまま強い抱擁に変わった。朋美は目を閉じたまま、

「抱いて」

「いいの？」

「ええ」

珍しく曖昧な声だった。

もつれるように崩れて重なりあった。朋美は、見えないところも小麦色だった。恒平が誘って体を起こし、隣の寝室へ移った。テレビがあい変わらずかまびすしく男たちの声を流していた。

一度抱き合ってしまうと、それがデートの習慣となる。会うたびに抱き合っていたわけではないが、コーヒーを飲んでいても、一緒に街を歩いていても、そのことが心を離れない。

性の仕ぐさも朋美は情熱的だった。爪を立て恒平の背を刺す。痛さが快い。恒平ははっきりと覚えている。

——合計七回抱き合った——

最後のときも……それが最後とは知らなかったが、いきなり朋美がアパートへ訪ねて来た。深夜だった。

爪を突き立てたあと薄闇の中で少し身を起こし、恒平を睨《にら》み、

「私、嫉妬深いのよ」

「あ、そう」

朋美は笑った。恒平もわけがわからないまま笑った。

「すごいやきもちやきなの」

「だれだってそうだ」

「特にそうなの」

言いながら腕を伸ばし、また抱き合い、朋美は髪をかきあげながら、

「最後みたい」

「なにが？　なんで？」

「宮崎へ帰るわ」

「しかし……」

だからと言って男女の仲が切れるわけでもあるまい。

「以前から親しいかたがいらっしゃるんでしょ」

笑いながら目が光った。

どうして知ったのか。確かに陽子とは完全に別れた状態ではなかった。

この夜が九年前。朋美は本当に東京を去り、恒平が居どころを知るまでに日時がかかった。電話をかけ手紙を送っても朋美の反応は固い。恒平は陽子とよりを戻し、結婚をした。朋美とは年賀状を交わすだけの関係となった。それが、

――九年ぶりの再会――

男の心中には、ときめくものが、ある。あって当然だ。恒平は遠い記憶をたぐりながら眠りに落ちた。

三

夢は目ざめる直前に見るものだとか。そうだとすれば眠る前の思案をどこまで引きずるのだろうか。

女が幼い子の手を引いて立っている。近づいて、

――朋美だ――

とわかった。

が、手を引かれているのは恒平の子、陽子の娘、四歳になる加奈らしい。朋美と結婚していたら、同じ女の子が生まれても加奈ではない。同じ名前がつけられたとしても、ちがう人間だ。

――よく似てる、ということはありうるだろう――

と思ったとたん女は近くのビルの中へ入って行く。あとを追うと事務所の中。書類にペンを走らせている。

「あなたも、ここに書いて」

離婚届らしい。驚いて見つめると、今度は女が陽子に変わっている。

――ああ、そういうことか――

納得しながらも、

――おれはまだそんなこと決心してないぞ――

鼻白んだところで目をさました。

――夢というのは、なにを考えているのか――

本心をかすめながら、けっして本心ではない。はっきり言って夢はうそつきだ。頭のすみっこでチラリと考えたことをまことしやかに映し出す。

朋美と一緒になる可能性が皆無だったとは思わない。だが今になって思い返してみると、陽子と結ばれるのが一番自然な流れだったような気がする。朋美はそれがわかったから去って行ったのだろう。いっときは釈然としない思いを抱いたが、朋美はそんな直感が優れている人のようだ。

時計を見た。七時をまわっている。

――もう少し眠ろうか――

布団の中でぐずぐずしていたが、結局、八時前に起きて朝風呂に入り、朝食をとった。チェック・アウトの制限が十時まで。ボストンバッグを持ってティールームへ。地方紙を見ながらコーヒーを飲んだ。

朋美は宮崎市内から車を運転して迎えに来る。車つきのガイドだ。十一時の約束だった。

ホテルの玄関の外から、

「おはようございます。岡部さん、いらっしゃいます？」

声までが小麦色を帯びて聞こえた。恒平はすぐに腰をあげた。

「やあ。ご苦労さま。お世話になります」

「他人行儀ね」

「仕方ないだろ」

笑いあい、一気に九年の年月が飛んでしまったみたい……。しかし現実はそうはいくまい。小麦色は眼鏡をかけている。

——少し太ったかな——

ブルーのクーペがエンジンをかけたまま待っていた。

「変わらないわね。少しりっぱになったけど」

「君も変わらない」

助手席へ坐《すわ》った。

「どこへ行きます？」

かすかに訛《なま》りが含まれている。

「どっか近くの名所。一つか二つ。あちこち行かなくてもいいよ。観光が目的じゃないから」

「じゃあ適当に、見つくろって」

「うん」

「霧島《きりしま》神宮とえびの高原。私もそう詳しいわけじゃないのよ」

「それで充分」

「えーと、こっちね」

カーナビを見ながら走る。運転は慣れているようだ。市街地がすぐに畑地に変わった。空はうっすらと曇り、雲の切れめに時おり山が浮かぶ。一番高いのが韓国岳《からくにだけ》だろう。

「予備校の先生だって？」

「そう。気ままでいいわ」

「なにを教えてるの？」

「日本史よ。高校生や浪人を相手に。宮崎は貧乏県だから教育に期待をかけるのよ、親は。結構、受験熱は熱いの」

「なるほど。それで貫井先生は評判がいいわけだ」

恒平はことさらに朋美の苗字《みようじ》を告げた。

「どうなのかしら。いろんなところから引きあいはあるけど」

朋美ならば若い世代に人気があるだろう。心なしか以前に比べて貫禄《かんろく》もついている。

「まず、どこ？」

と行く先を尋ねると、

「霧島神宮に敬意を表してください」

「わかった」

鳥居が見え、神社の駐車場に車を停《と》めた。右手に小高い山があって、

「あれが高千穂《たかちほ》の峰。ここからは五百メートルくらい登るのかしら」

登山道が設けられ、登って行く人の姿が見える。

「結構大変そうだな、登るのは」

「ええ。てっぺんに天の逆鉾《さかほこ》があるみたい。私は登ったこと、ないけど」

「なに、それ？」

「高天原《たかまがはら》からのおみやげでしょ。ニニギノミコトが持って来たの。鉾がさかさに突き刺してあるらしいわ」

「へえー」

「ニニギノミコトがここに降り立ったことになっているのよ」

「ふーん」

山頂を仰いだ。アマテラス大神《おおみかみ》の命を受けたニニギノミコトが地上に下り、それが

日本国の起源となった、という神話なら恒平も一通り知っている。

二人並んで境内の道を踏み、それぞれ百円玉を投じていにしえの神々に祈った。

霧島神宮の主神はニニギノミコトである。

「確かニニギノミコトは美しい娘に会って結婚を申し込むんだ」

恒平は日本史の教師に尋ねた。

「そう。コノハナサクヤヒメ。美しい娘に会って名前を聞くのね。名前を聞くのは求婚なの。答えればイエスってこと。でもコノハナサクヤヒメにはお姉さんがいて、これがイワナガヒメ。父親はどうせなら姉妹一緒にもらってくださいって、イワナガヒメもくっつけて寄《よ》こすんだけど、お姉さんのほうはあんまりきれいじゃないのね。ニニギノミコトは妹だけをもらって姉のほうは返しちゃったの」

「えぐいこと、やるなあ」

「男って、そんなもんでしょ。古代の人は正直なのよ」

「言える」

「でも父親が言うには、私は二人をセットにしてさしあげたのです。コノハナサクヤヒメをめとれば、木の花が咲くように美しく栄えましょうが、命は短い。イワナガヒメをめとれば、石のように固く、長い命をまっとうできるはずでした。イワナガヒメを戻された以上、そう長い命は望めませんよって」

「怖いじゃない。ニニギノミコトは短命だったのか」

「とくにそんなことはなかったみたいよ。ただ子孫はね」

「短命だった？」

「ううん。そうとも言えない。ニニギノミコトの子孫って言えば天皇家ってことになるんでしょうけど、寿命の長い人も短い人もいたみたい」

「親父《おやじ》さんの予言は当たらなかったわけだ」

「むしろ短命の人が出たとき、慰めるためにこんな神話が作られたんじゃないのかしら。昔、昔、コノハナサクヤヒメの父親が言ってたことだから仕方ないって」

「なるほど」

「コノハナサクヤヒメが産んだ子がウミサチヒコとヤマサチヒコ、ご存じでしょ」

「他人行儀だね」

〝ご存じ〟という言いかたに対して告げたのだが、朋美は答えずに、

「ウミサチヒコは海の幸を求め、ヤマサチヒコは山の幸を求めたわ」

「どっちが兄さんだったっけ」

「海のほうよ」

二人は車に戻り、ゆるい傾斜を上った。朋美がカーナビを覗いてから、

「えびの高原をドライブしましょ」

「うん」

「で、さっきの話だけど、ヤマサチヒコが兄さんの釣り針を借りてなくして海底の宮殿まで捜しに行くの」

「鯛《たい》やひらめの舞い踊り」

「知ってるわよね。ここでもらったお嫁さんがトヨタマヒメ。赤ちゃんを産むとき、わにざめの姿に返って産むもんだから、そこをヤマサチヒコに見られ、恥ずかしいって海へ戻ったの。代わりに妹のタマヨリヒメを寄こすんだけど、生まれた子と、このタマヨリヒメが結婚して四人の男の子が誕生するのね」

と詳しい。右手の丘陵地へ若い男女が登って行くのを顎で指し、

「この上に大浪池《おおなみいけ》があるの。すてきなキャンプ地になっているわ」

古代と現代が交錯する。それがこのあたりの風景なのだ。

## 四

スピードをあげてスカイラインを走った。朋美は話を続けて、

「その四人兄弟の末っ子が、カムヤマトイワレビコノミコトで、これが神武《じんむ》天皇」

「弟が兄さんたちを抑えて天下を取るわけだ」

「古代史では弟がわりと偉いのよ」

「どうしてだろう」

恒平自身は三人兄弟の末っ子だ。

「わかんない。偶然かもしれないけど、一説じゃ〈古事記《こじき》〉は天武《てんむ》天皇の発案で編まれたものだけど、天武天皇は弟で、兄さんが天智《てんじ》天皇でしょ」

「知らない」

「途中までは仲がよかったけど、最後は少し険悪になり、兄さんの死後、弟は兄さんの血筋を滅ぼして自分が天下を取ったわけ。壬申《じんしん》の乱ね。だから〈古事記〉を作った人たちは弟におもねって神話の中でも、弟が勝つようにしたって、そういうことかもしれません、はい」

「なるほど」

きれいに舗装された道筋には、ところどころに観光客を呼ぶ表示が立っている。

「いいわね、べつに、寄らなくても」

「うん」

青いクーペはただひた走りに走る。本日のガイドは地理よりも歴史に傾いている。それはそれで楽しい。充分に頼もしい。九年前には知らなかった。ビジネスの世界のぎすぎすした毎日とはちがった成長が朋美の中にあるような気がして、

──うらやましい──

むしろ快い。

えびの高原の奥まで入ったところで、

「ちょっと、手洗いがないかな」

「えーと」

迂回《うかい》して降りたのが御池《みいけ》という小さな湖のほとりだった。展望台があり、キャンプ地も近いらしい。恒平が公衆トイレットから出て来て捜すと、少し離れたところに朋美がたたずんで石碑を見つめている。小走りに寄って、

「なに？」

「これ」

と指をさす。石碑には、

〝君が行く道のながてをくりたたね
焼きほろぼさむ天《あめ》の火もがも　狭野弟上娘子《さののおとがみのおとめ》〟

と彫ってある。

「うん」

読みながら目顔で尋ねた。

「すごいわね」

「どういう意味？」

見当がつかないでもないが、正しくは解説をしてもらったほうがいい。

「確か夫が遠くへ旅立って行くのよ。二度と会えるかどうかわからない。夫と言っても昔のことだから縁《えにし》は薄いわ。恋人を見送るような感覚でしょ。長い道のりを折り畳んで焼きつくしてくれる天の火が降ってくれればいいのにって」

「有名な歌？」

「万葉集《まんようしゅう》の名歌でしょ」

「そうなの」

恒平はあらためて読み直した。

確かに……。力強い。ほとばしるような情念がこめられている。

「ここにあるとは知らなかったわ」

「この土地の人なのか、この、狭野のなんとかさん？」

「このへんを狭野って言うの。関わりがあるんじゃないの」

「わかるね」

「わかる？　本当に？　宮崎県は今でも辺境なのよ。歴史的にずーっとそうだったわ。だから都人《みやこびと》がやって来てもかならず去って行くの。転勤で来たサラリーマンとか。女は残されて涙ながらに天の火を願うのね。この歌の事情は少しちがうけど、こういう思いは、このあたりにむらむら燃えているわ」

チカリと黒い目が輝いた。

「うん」

どう答えたらよいものか。

――おれたちはちがったろ――

朋美のほうが急にいなくなったのだ。恨まれる理由は乏しい。そんな気がする。えびの高原の展望台から雄大な風景を望み、帰路についた。途中ホテルのティールームでコーヒーを飲んだときに、

「結婚、しなかったんだよな」

心にありながら尋ねていないことを尋ねた。

「苗字、変わってないじゃない」

「恋愛とか」

「うふふ、私、嫉妬深いから」

これは以前にも聞いた台詞《せりふ》だ。

「そうは見えない」

快活で、さっぱりした性格のように見えるけれど……。

「嫉妬する自分がいやだから、そういう情況にならないよう努力しているだけ。本当は

嫉妬深いの。さそり座の女なのよ」

「あ、そうか」

十一月生まれのことは思い出したが、嫉妬深いことを納得したわけではなかった。それは、

――だれだって嫉妬深い――

朋美だけということはない。まったくの話、

――この世は嫉妬でなりたっている――

と思うことさえある。ビジネスの世界だって完全にそうだ。

朋美がホテルのトイレットへ立ったとき恒平は出入口に近いスーベニール・ショップを覗くともなく覗いた。東南アジアの団体客らしい一行がゴジラのぬいぐるみをつかんで騒いでいる。同じ一角にほかのかわいらしいぬいぐるみが積んであったが、正直なところとくにそれをながめていたわけではない。だが、朋美が戻って来て、

「お子さん、いらっしゃるのよね」

と、ほほえむ。

「ああ。四歳だ」

「男の子？」

「女の子だ」

「かわいいわね」

ただそれだけのことだったが、

——まずかったかな——

ほんの少し気づまりが残った。

都城の市街地を通らずに小林《こばやし》市をかすめて宮崎市内へ向かった。日曜日のせいか道路は混んでいる。

「なんだか不思議だな」

「どうして？」

「こうして会っていることが」

「そう？」

「うーん。そうでもないか」

「人生なんて、やろうと決心すれば、たいていのことが起きるわけでしょ。前に朝起きてニュージーランドへ行こうって思ったら一週間後にクライストチャーチの絶景を見てたわ」

「なるほど。九年前には東京から急にいなくなった」

「あれはいろいろ理由があったのよ。結果オーライだったでしょ」

「きみと一緒になってたら今ごろどうしていただろう？」

何度か心をかすめた思案だ。朋美は答えない。かすかな緊張を感じ、横目でそっと表情をさぐった。運転席の横顔では、よくは見えない。

——まずいこと言ったかな——

とあやしみ、次に、

——この人、真剣に考えている——

と感じた。

だが、次の瞬間、破顔一笑、

「うふふ、どうなっていたかしら、ねえ」

もうクーペは恒平の泊まるホテルに近づいていた。

「どこかいいレストラン、知ってる?」

「ホテルのレストランがいいみたい」

「ワインくらい飲んで」

「すてきね。ここは黒豚がおいしいんだけど、たまには牛のステーキも食べたい」

「いいとも。おごる」

「ガイド料ね。ほとんどアッシー君だったけど」

「いや、おもしろかった。万葉集の歌碑も見たし」

「ああ。あれね。君が行く道のながてをくりたたね焼きほろぼさむ天の火もがも」

赤ワインとサーロイン・ステーキ。食事のあとバーに行き、

「どうする？」

「ええ、ご馳走《ちそう》さま。すっかり酔っちゃった」

朋美は立ちあがり、

「明日、迎えに来てあげるわ。空港まで送ります」

「ありがとう。でも……酔ってるぞ」

「ええ、平気」

タクシーで帰って行った。

五

——これで一件落着——

もう十一時をまわっている。ツインルームだが浴室はせまい。汗を流してベッドに潜り込んだ。ライトを消し、まっ暗にして目を閉じた。

すぐに眠った。

コン、コン、コン、とドアが鳴る。夢の中かと思った。

しかし、確かに鳴っている。

「どなた?」

「私」

朋美の声が細く聞こえた。起きて、たたらを踏み、ドアを引き開けた。廊下の薄あかりを背後に受けて朋美の目が輝いている。

「来ちゃった。決心をして」

首をすくめて入り込む。

「うん」

「もう会えないかもしれないし」

「それは、どうかな」

「会えないわ、きっと」

「決心をしたら、なんだって起きる」

「もう決心はしないわ」

ポンと弾むようにベッドに腰をおろした。恒平が電灯のスイッチに手を伸ばすと、

「つけないで」

「わかった」

ベッドに近づき、フットライトだけをともす。並んで坐った。まなざしが見あげる。肩を抱いた。唇を捕らえ、そのままベッドに押し倒した。ベッドのぬくもりより熱い。

「うふん、苦しい」

立ちあがり、背を向け、衣裳《いしょう》を落とした。恒平も立ってスリップが包む体をベッドへ招じ入れた。

――九年前――

あの日が今日に繋《つな》がる。

スリップを脱ぐ。ゆかたを脱ぐ。短い抱擁のあとで体が繋がる。朋美の手が男の背にまわる。

「あっ」

背筋に爪が立つ。痛みが走った。

――この人の癖だった――

と思い出した。

爪が背筋をはうのを感じながら恒平は果てた。

毛布を引き、一つ枕に頭を並べたまま薄暗い天井を見あげた。

「さっき聞いたわね？」

「なにを」

「思い出さない？」

「えーと、なんだろ」

今日一日のこと……。都城市内のホテルの前で会い、霧島神宮に詣で、軽食をとり、えびの高原を走り、渋滞に巻き込まれ、このホテルのレストランでワインを飲み、ステーキを食べた。

――御池のほとりで歌碑を見たな――

情熱的な歌だったが、全部を思い出すことはできない。

「歌碑のこと？　御池から少し来たところにあった」

「覚えてる？　君が行く道のながてをくりたたね焼きほろぼさむ天の火もがも」

「うん。だいたい。なにか聞いたっけ？」

歌の意味を尋ねたような気はするけれど……。

「あれじゃなく。もっとあと。すこーし歌と関係しているかもしれないけど」

古代の歌と関わりのあることを、あのあと、なにか質問しただろうか。

「わからない」

「うふふ。もし私と一緒になっていたら今ごろどうしていただろうって」

「あ、聞いた、聞いた」

それなら覚えている。確か朋美は答えなかった。

「今ごろ……」

とつぶやいてから体を捩《よじ》り、唇を求める。腕を背にまわす。

「うん？」

「陽子さん、とおっしゃったかしら」

妻の名を言う。

「そうだよ」

「今ごろ……。あなたは旅先のベッドで陽子さんと抱き合っているの。私は東京の家で子どもと一緒に待っているの。なんにも知らずに」

背筋に痛みを覚えた。わけもなくその痛みが嫉妬を帯びているように感じた。

「しかし」

と思わずつぶやいたのは、

――そんな嫉妬があるものだろうか――

陽子が怒るのなら当然だが、朋美が恨むなんて、そんなロジックがあるのだろうか。

が、考え直してみれば、

――ありうるのかもしれない――

きっと、ある。

思案を深めるより先に朋美が体を重ねてくる。もう一度抱き合った。もう一度、今度はさらに激しい痛みを、筋を引く痛みを背中に感じた。

抱擁を解くと朋美はスルリとベッドから立って手早く服を着る。

「帰ります」

「もう？」

「ええ。癖になると困るわ」

「待って」

「さようなら。明日迎えに来ます」

「九時に」

「そうね」

恒平がゆかたを捜すうちに朋美はドアに向かう。恒平は紐《ひも》をしめながらあとを追い、ドアの前で唇を重ねた。

「じゃあね」

朋美の決心は固い。ドアが開き、ドアが閉じた。恒平は未練がましくドアを開けてうしろ姿を目で追った。

うしろ姿はふり返ることもなくエレベーターのほうへ曲がって消えた。ゆるゆるとベッドへ戻って寝転がった。

――どういうつもりだったのか――

思いのほか朋美の愛は深かったのかもしれない。

――きっと、そう――

あらためて考えてみると、見えてくるものがある。それをどう説明したらよいものか。

――女性のビヘイビアは、それぞれちがう――

当然のことがあらためて思い浮かんでくる。愛に関わるビヘイビアは、とりわけ異なっている。嫉妬を避けるため愛に深入りをしない、という選択もあるのかもしれない。

連想はさらに広がって、

――セックスの欲望も――

男は似たりよったりだが、女は人それぞれ差異があるらしい。

――よくはわからないけれど――

陽子は強くない。人並みくらい。しかし朋美はストレートだ。好きならば抱き合う。爪を立てて身もだえる。癖になったらこわいかもしれない。

――気ぼれ顔ぼれ床ぼれかあ――

そのうちに眠った。

翌朝九時、約束の時間に朋美は迎えに来てくれた。

「おはようございます」

くふん、と一度照れくさそうに笑ったが、もう昨夜の気配はおくびにも示さなかった。すきを見せない。

飛行機は定刻通りに出発するらしい。搭乗口まで送って来て、

「飛行機、落ちるかもしれないわよ」

意味ありげに笑う。

「なんで？」

「天の火で焼かれて」

「ああ、そうか。もう一度ちゃんと教えて。歌の文句を」

恒平は手帳を抜き出した。

「君が行く道のながてをくりたたね焼きほろぼさむ天の火もがも。狭野弟上娘子」

「どんな字？」

「狭野は狭い野原。弟の上、娘子」

「娘子と書いて、おとめなのか」

「そう。よろしく」

「ありがとう。楽しかった。さようなら」

「お元気で」

恒平のほうは背を向けて二、三歩進み、くるりと振り向いた。朋美は手を振ってペコンと頭《こうべ》を垂れた。

飛行機はもちろん焼かれることもなく恒平を羽田《はねだ》に運んでくれた。

ただ、ひりひりと痛むのである。鏡に映してみると、背中にはっきりと赤い爪あとが残っている。かなり長く、くねくねと。さながら長い道のりが燃えているように。
――薄着の季節が来る前に傷あとが消えてくれるといいのだが――
恒平は礼状を送ったが、朋美からの返事はなかった。

# 二人の妻を愛した男

銀座《ぎんざ》通りから東京駅へ向かう細道を歩きながら周治《しゅうじ》は少し先を行く男の頭部に視線を送り、

――工藤《くどう》画伯の帽子と同じだな――

と思い、それを追うようにして、

――工藤さんに似た人だな――

そして次の瞬間、

――工藤さんだ――

と足を速めた。

年恰好《としかっこう》も、背の高さも、左手を漕《こ》ぐようにして歩く姿も、まちがいない。前に出て振り返り、顔を見た。

むこうは怪訝《けげん》そうに見つめてから、

「ああ」

と笑う。

「お久しぶりです」

工藤は革鞄《かわかばん》と、もう一つ、コンビニエンス・ストアの袋をぶら下げている。

「何年ぶりですかなあ」

「えーと、四年でしょう。リヨンの工芸展でお会いして」

「ああ、そうだったね」

「すぐわかりましたよ、帽子で」

「うん」

と頷《うなず》く。

ベレー帽によく似ているが、少しちがう。初めて見たときに周治は、

「いい色あいのベレーですね」

シックなモスグリーンを褒めたが、

「ベレーじゃないんです」

と、たしなめられた。

「ハンチング？」

「いや、それもちがう。プロムナードって言うんですよ」

「はあ」

プロムナードと言えば、散歩のことだ。つばのあたりはハンチングと同じだが、全体はベレーに似ている。ただ後頭部がまるく曲線を描いて硬い。つまり、潰れない。帽子自体にまるみがある。深めに被《かぶ》って、なるほど公園の細道などを散歩するのにふさわしい。これが工藤画伯のトレードマークだった。モスグリーンと黒と白と、三つは見たことがある。細身で、背が高いから、よく似あう。

加えて画伯は髪が薄いから、これがよろしい。帽子にこだわりがあるのは、当人の美意識の発露と言ってよいだろう。

知り合ったのは二十四、五年前。フランスのリヨンだった。周治は半官半民の貿易団体の駐在員として赴任していた。パリとちがってリヨンでは日本人の数はそう多くはない。一、二年も滞在していれば、ほとんどの人と顔見知りになる。工藤画伯はいつごろからこの地にいたのか、とにかくずっと古い。年齢も周治より十四歳も上なのだが、なんとなく波長が合った。

とはいえ、それほど深くつきあっていたわけではない。

——この人は、どういう収入を得ているのかな——

はっきりとわからなかったくらいだから、親しさもたかがしれている。フランスに滞在する日本人の中には紛れもないエリートも多いけれど、憧れだけで海を渡り、わけのわからない生活を続けている人もけっして少なくない。日本人同士でも、深くは穿鑿《せんさく》せずに、ほどほどにつきあっているというケースがよくあった。

工藤については、みんなが「画伯、画伯」と呼んでいた。だから以前は絵を描いていたのだろうが、周治は工藤の描いたタブローを見たことがない。では、まったくの渾名《あだな》かと言うと、そうでもなく、工藤は芸術家らしい技を身につけていた。

まず折り紙の名手。これはみごとなものだった。日本から和紙を取り寄せて、いろいろなものを折って創る。指先が器用なことでは日本人はもともと定評がある。工藤の細工はエキゾチックな魅力としてフランス人にはおおいに珍しく、かなりの人気を集めていた。そのほか自分で小さな機織り機を作ってテーブル・クロスのたぐいを織り、これがクレーばりの幾何学模様で、わるくない。このあたりの感覚は、

――やっぱり画家なんだ――

と思わせるところがあった。

この方面でそこそこの収入を得ていたろうが、それだけで糊口《ここう》をしのぐ道となりえたかどうかはわからない。

資産家だ、という噂《うわさ》もあった。それも本当のような、嘘《うそ》のような……。おっとりとして、少なくとも人柄のわるい男ではなかった。女性にも二で割れば、もてたほうだろう。

周治がよく覚えていることがある。

知り合って日も浅い頃、小さなパーティーがあった。リヨンに留学して来た日本人を

歓迎する催しである。参加者は日本人が半分、フランス人が半分、そんな構成で、留学生の中に若い女性が一人だけ混じっていた。外国へ行くということで親が晴れ着を持たせてくれたのではあるまいか。なんとか着付けて会場に現われると、華やかで、やんやの喝采。フランス人のグループから、

「せっかく着物を着てくれたのだから、日本の踊りを見せてくれ。以前に京都で見たけれど、それは趣きの深いものだった」

という注文が出た。

日本人ならこれがどれほどばかげた要求か、だれでも知っているだろう。周治はむしろ、なにか事前に情報が入っていて……たとえば〝彼女は日本舞踊の名取りだ〟とか、そんなことが知れていたのかと考えたが、それはちがったようだ。

いっせいに拍手がわき起こる。

まり絵《え》という、美しい名前の人だったが、当然のことながら狼狽《ろうばい》の色を示した。が、周囲の雰囲気を測ると、とても断りようもない。きっと唇を結び、意を決してホールの一郭の空いたスペースに立って一礼をした。音曲ひとつないのである。彼女はただ右手を高く上げ左手を低くななめにおろして、くるりとまわった。黒髪がしなやかに靡《なび》いて美しかった。

そこで、また一礼をして足早に退く。一同はあっけに取られていたが、パラパラと拍

手の起こる中、工藤画伯が進み出て、

「メダーム・エ・メッシュー」

と制してから、周治にもよくわかるフランス語で、

「ご承知のように日本には、とても短い芸術、俳句ポエムがあります。彼女は、たったいま、それを踊ってお目にかけました」

真顔で説明した。

画伯自身、ユーモアのつもりだったのか、それとも急場しのぎだったのか、わからない。フランス人たちもジョークととったか、それとも大まじめに聞いたか、それもわからない。

だが、パーティーのムードが一気にやわらいだのは本当だった。

そっと窺《うかが》うと、マドモアゼルまり絵がうれしそうにほほえんでいた。

これが縁となったのかどうか、工藤画伯とまり絵は急速に親しくなり、一年後にはリヨンの教会で結婚式を挙げた。周治は頼まれてにわか仕立ての付添人を務めたが、これがきっかけとなってこの夫婦のところへ出入りするようになった。まり絵は留学生のまま工藤夫人となり、リヨンの生活を満喫していた。

とはいえ周治がリアル・タイムで知っているのは、このあたりまでである。このあと周治はベルギーに赴任し、イタリアへも行って日本へ帰った。夫婦とはせいぜいクリス

マス・カードの交換くらい……。そして数年後、突然、人づてに工藤夫人の訃報を聞いた。

自動車事故だった、とか。グルノーブルに向かう郊外地の道路で対向車と激突したらしい。

――まだ若いのに――

顔立ちの特に整った人ではなかったけれど、

――黒髪の美しい人だったな――

大和撫子《やまとなでしこ》にふさわしい長所を備えていて、画伯も誇らしげだったが、周治までもがわけもなく、

――これが日本の女性だぞ――

と誇らしかった。

この特徴を除けば、彼女について記憶に残っているのは、あの俳句ポエムを踊ったときのこと……。思い出すたびに彼女の微笑と一緒に、

――あのとき画伯はどういうつもりだったのかなあ――

とっさの気転であったことはまちがいないけれど、その後周治は画伯とつきあうようになって、

――この人、少し変わっている――

どこまで本気なのか、あるいは稚気なのか、判断に苦しむようなことがよくあった。画伯はいっとき、迷い込んで来た猫をそのままアトリエで飼っていたのだが、周治が訪ねると、窓の外にまで叱る声が漏れてくる。「アタン！　アタン！」と叫んでいる。

「なにをしてたんですか」

「おあずけを教えているんだ」

と、時計を握っている。

「おあずけ？」

「そう。犬はすぐに覚えるけど、猫はなかなか覚えない。どのくらい我慢できるか、これまでのところ最長二十七分だ。せめて一時間は待ってくれないとなあ」

灰色の猫の前に、魚のフレークを入れた小皿が据えてあった。

「ふーん」

真意を測りかねて首を傾《かし》げると、

「やっぱりフランス語でないとな」

見当ちがいの説明をする。

アタンはアタンドル、待つの二人称命令形だ。近しい者同士で用いる語法、つまりチュトワイエだ。それくらいは周治だって知っている。

「いや、教えてどうします？」

「べつに。でも、周治さん、犬にだって、おあずけをさせて、特に理由はないでしょう?」

「なるほど」

言われてみれば、そうかもしれない。一生懸命に教えている画伯の様子がおかしかった。

そう言えば、腰を痛めて不自由そうに歩いているのを見つけたので、

「どうしたんですか」

と尋ねれば、

「柔道をやってね」

「無理をしないほうがいいですよ」

フランスでは柔道のできる日本人は尊敬される。あのころは特にそうだった。画伯は学生の頃に二段の認定を受けた、という触れ込みで、事実、それなりの力量を持っていたらしい。自分の年齢を忘れて、ばかなことをやったのかと思ったが、この想像は大当たり、まったくばかなことをやったものだ。

「ガブさんがどうしても初段を取りたいって言うから〝テストのとき僕を投げてみろ。僕は投げられるのがうまいから、投げた人もうまく見える〟って協力してやったんだ」

ガブリエルという友人のことらしい。

「それで？」

「そうしたら、ガブさん、もう少しうまいと思ったのに、ありゃ目茶苦茶だ。柔道でもなんでもない。ただ力まかせに放るんだから、たまったものじゃないですよ」

「初段は？」

「取れっこないでしょう」

しきりに腰を撫《な》でている。

気の毒だが笑ってしまった。

――餓鬼の遊びじゃあるまいし――

まともな大人がやることじゃない。画伯の人柄はおおむねまともなのだが、ときどきおかしなことをやる。

「フランスの蜘蛛《くも》は、やっぱり芸術家ですな」

「あ、そうなんですか」

「巣のフォルムがどことなくいいんですね」

しきりに蜘蛛の巣の写真を撮って集めていた。周治が、

「蜘蛛は天才である」

と茶化したら、

「そんな言葉、日本にあるの？」

「いや、石川啄木《いしかわたくぼく》の小説ですよ。蜘蛛じゃなく、空の雲のほうだけど」

「いや、いいね、その通りですよ。蜘蛛は天才です。すごいですよ。七角形の巣なんて、本当にきれいだねえ」

あの収集は、その後どうなったのだろうか。

周治は帰国してからも、ときどきフランスへ出張することがあったので、リヨンでゆとりがあれば画伯を呼び出して談笑した。たいていは織物博物館に近い中華料理店だった。まり絵夫人はすでに亡く、事故については、

「体はグチャグチャだったけど、首から上はきれいで」

それ以外には、あまり多くを語らない。周治もことさらには尋ねなかった。

リヨンは伝統的に織物産業の盛んな町である。画伯はこの方面にも造詣が深い。リヨンに住みついて離れないのは、多分このせいだったろう。

が、仕事のことはともかく、ここで特筆大書すべきは、イヴォンヌのこと……。まり絵夫人の死後五年ほどたって画伯がフランスの女性と親しくなったことのほうだろう。

周治がパリのホテルから電話を入れ、

「明後日《あさって》、七時、いつものシノワで。いかがですか」

と誘えば、

「はい、はい。いいですよ」

二つ返事で答える。

五分遅れて店のドアを押せば、工藤には連れがあった。二人でジャスミン茶を飲んでいた。周治は、

──あ、これは──

と、すぐに納得した。

女性は三十歳前後。ひとめで金髪の美しさがわかった。ふっくらとしてとても豊かな金髪……。一般論として言えば、金髪は一本一本が細く繊細なせいか全体としては量感に乏しい。が、彼女はちがった。

「ボン・ソワール」

「アンシャンテ、ムッシュー」

画伯が日本語で、

「イヴォンヌ・セルナス。若い友だちです」

と紹介してくれた。

周治は片目をつぶり、

──みなまで言うな。わかりますから──

と合図を送った。

まり絵夫人の場合と同じく、と言ったら二重三重に失礼を犯すことになりそうだが、

イヴォンヌも器量よしではない。ただ髪が美しい。黒髪と金髪のちがいはあるけれど、艶やかに波打って豊満であることには変わりがない。

――画伯の趣味なんだ――

と推測した。

因《ちな》みに言えば、工藤画伯は髪が薄い。はっきり言えば、薄いなどというレベルではない。五十代の初めからてっぺんは光り輝いていた。

この日の会食で話したことではないけれど、

「そりゃ、やっぱり人間は自分の持たないものを相手に求めるものですよ」

「そうでしょうね」

似たもの同士が群がるケースもあるが、自分にないものを求める傾向も充分にあるだろう。

「男と女は特にそうですね」

と、画伯は一つ頷いてから、

「〈古事記《こじき》〉の昔からそうです」

「えっ、〈古事記〉ですか」

「そう。イザナギとイザナミです。わが身は成り成りて、成り合わぬところあり。わが身は成り成りて、成り余れるところあり。わが身の成り余れるところを、なが身の成り合わぬところに刺し塞《ふた》ぎて、国生《くにう》み成さんと思うはいかに？　ですよ」

周治も知っていた。ちょっと猥褻《わいせつ》な内容……。適切な例かどうかはともかく、人間が自分の持たないものに憧れを抱くのは昔からの本性なのだ。

周治は画伯の若い頃を知らないけれど、彼はおそらく髪の薄い血筋に生まれ、豊かな髪への憧憬《どうけい》を早くから抱いていたのだろう。リヨンのレストランで初めてイヴォンヌを見たとき、周治が〝あ、これは〟と、すぐさま納得したのも、まさに工藤の性格の中にこの傾向を感じていたからである。

――やっぱり、そうなんですね――

とイヴォンヌを観察したが、初対面の食卓であからさまに語れるテーマではあるまい。

話題は日本の首相が情人《アマン》に金銭をわたしたとか、その金額が三本指で少なかったとか、

「フランスじゃ大統領が情人を持って、子どもを産ませても、べつにいいけれど、お金をあげちゃ、まずいんですよね」

「ビァン・シュール（そのとおりです）」

日仏語入り乱れて会話が弾んだ。

工藤はイヴォンヌに贈り物をしたり、ご馳走《ちそう》をしたりすることはあっても金銭を与えることはしないのだろう。イヴォンヌは織物の研究家で、このあたりで工藤と結びつくものがあるらしい。おしなべて楽しい会食であった。

そして半年後、周治は東京のオフィスで二人の結婚通知を受け取った。

――やっぱりね――

充分に予測していたことだ。二十歳以上年齢が離れているだろうが、フランスでは珍しくもない。二人は初めからそんな気配を漂わせていた。

二度目の妻を迎えてからの工藤に会ったのは……三回、いや、四回かもしれない。そのうち三回はイヴォンヌが一緒だった。

画伯がイヴォンヌを溺愛していたことは疑いない。まり絵夫人のときもそうだったが、イヴォンヌに対しても、ちょっとした仕ぐさにそれがよく表われていた。たとえば夫人がだれかと話しているときに、さりげなく送る目《ま》ざ《な》しに……。あるいは二人が寄りそうとき、離れるとき、そっと髪を撫でるのだが、それが隠しても隠しきれないいとおしさを如実に表わしていた。あえて言えば、かすかにエロチックだった。

確か〝毛のあるところに喜びがある〟というのはフランスの諺《ことわざ》ではなかったろうか。この言葉自体が充分にエロチックであるけれど、工藤画伯を見ていると、周治はわけもなくこの箴言《しんげん》を思い出し、

――まあ、いいんじゃないの――

ほほえんでしまうことが多かった。

そして、もう一つ、これは男二人だけで会ったときの短い会話だったが、

「イヴォンヌの金髪は、まるっきり本物なんですよ」

うれしそうに呟《つぶや》いていたのをよく覚えている。

「あ、そうなんですか」

「染めている人が多いからね。七十パーセントはそうらしい」

女優の名を挙げていたが、周治は知らない名前だった。七十パーセントという率にどれほどの信憑性《しんぴょうせい》があるかは措《お》くとしてフランス人にはけっして金髪は多くない。あれほどみごとな金髪が紛れもないボーン・アンド・ブレッド（生まれつき）であるとなると、画伯は確かに滅多にない宝物にめぐりあったことになる。照れるような喜びには充分な理由がある、と周治は思った。


工藤画伯がプロムナードと呼ばれる帽子を愛用していたのは、初めて会った頃からのことだ。

日本ではとても珍しい。

銀座の裏通りで、それを見て工藤画伯を思い出し、一瞬ののち、

——工藤さんなんだ——

と、認めて少なからず驚いた。日本にいること自体が予想外だったし、

——なにか事情があって訪ねて来たのかな——

そう考えたが、どことなく様子が旅行者のようには見えない。明らかに普段着で、コンビニエンス・ストアの袋なんかをぶら下げている。

「いつ、こちらにいらしたんですか」

「えーと、去年の秋」

「旅行ですか？」

旅行にしては滞在が長すぎる。

「いや、リヨンは引き払いました。年を取ると、日本のほうがいいかなって……」

「奥様はお元気で？」

とイヴォンヌのことを尋ねると、画伯は怒ったみたいに口を尖《とが》らせて、

「死にました」

「えっ？　本当に？　いつ？　なんで？」

たて続けに尋ねた。

「自動車事故で」

「それは、あのう……まり絵夫人でしょ」

と呟いたのは、画伯の脳みそに混乱があって、二人の妻の区別がつかなくなっているのではあるまいか、そんな判断が心をかすめたからだ。

画伯は少し笑って、

「ええ、二人とも。ちょっとコーヒーでも飲みませんか」

「いいですよ」

細道の角にちょうどよくティールームの看板が見えた。

店の奥に腰をおろし、コーヒーを頼んだ。ウェイトレスが去るのを見送ってから、

「ル・ピュイに行く途中……。一人で運転して行ったんだけど、事故にまきこまれて。あっけなかったな。死体はきれいでしたけど」

ル・ピュイというのはリヨンの西南百キロほどの古い町だ。レース工業が盛んで、イヴォンヌが車を走らせたのも繊維製品のデザインと関わりがあってのことかもしれない。

「しかし、二人とも……」

二人の妻を、どちらも自動車事故で失うなんて、ありうることなのだろうか。

「そう。グルノーブルとル・ピュイと、方角は反対だけど……二人ともとなるとねえ。知っている刑事は〝またか〟って顔をするし、知らない刑事は訝《いぶか》しそうな目で見るし……」

「訝しそうって?」

「そりゃ、周治さん、奥さんが二人とも結婚後しばらくたってから事故死したとなると……〝こいつ、怪しいんじゃないか〟って」

「ありましたなあ、チャップリンの映画に。〈殺人狂時代〉だったかな」

「あるんですか、やっぱり」

「でも、映画ですから」

「ヨーロッパじゃないこともないようですよ。ほら、持参金を持っている女性が多いでしょ。だから狙われるんです」

「本当に？」

「殺人はともかく、結婚して、その女性の持っている財産を狙うケースは、フランスの男性ならそう珍しい考え方じゃないでしょう」

「言えるかもしれませんね」

「だから私もちょっと疑われて……。さいわいにイヴォンヌも、まり絵も財産らしい財産を持っていなかったから」

と、まるで他人事《ひとごと》みたいに言う。だが、

――悲しくないはずがない。あんなに愛していたのだから――

悲しみが深くなると、人は逆に第三者の出来事みたいに装うのかもしれない。そうやって克服する方法も充分にありうるだろう。

「どのくらいの確率なんですかね、妻が二人とも事故に遭うのは。ギネスに載りますかねえ」

「ばかなこと、言わないでくださいよ。それで、もうリヨンにいるのが厭《いや》になって、ですか？」

リヨンを引き払った理由は、きっとそれだろう。

「まあ、そうです。三人目を迎えたら、今度はパリへ行く途中で事故を起こすかもしれないし」

大まじめで言う。このあたりが工藤の人柄だ。ジョークのようだが、案外、本気かもしれない。

——今度はどういう髪の色の女性かな——

などと周治までが不謹慎な連想を浮かべてしまう。

リヨン周辺の略図を考えた。三つの方向を心に描いた。右下へグルノーブル、左下へル・ピュイ、まっすぐ上が、少し遠いけれどパリへ通じている。

——まだ一つ残っている——

なんて、これもおおいに不謹慎だろう。

「で、日本に戻っていらして、今、どこに住んでいるんですか」

「この近くです」

「銀座に？」

「東京駅のすぐ前」

「そんなとこに人の住む家があるんですか」

「あります、あります。もちろんアパートですよ。ビルのてっぺん。独りで暮らすには、このほうがいいんですよ。よろず便利だし」

「ええ」

「それに、私もだんだん年を取るし。年を取ったら田舎暮らしがいいなんて、あれ、ちがうんじゃないですか。そういう趣味の人もいるでしょうけど、私は逆に賑《にぎ》やかなほうが好きですね」

「わかります」

「東京は世界文化の中心ですし、ここにいればいろんな刺激に触れることができます。美術館もたくさんあるし、年中どこかでびっくりするような催しをやってますから」

「本当ですね」

先にも触れたように周治は工藤の半生を隈《くま》なく知っているわけではない。どの道、他人の人生なんて細かく知りうるものではないけれど、見当がつくのは周治自身がリヨンにいたときのことだけだ。せいぜい十数年の歳月、それも断片的に……。工藤は工芸家として知られていたが、生計《たずき》はそれだけで充分だったのか、知らないことがたくさんある。よく知っているのは、二人の妻を迎えたこと。二人の妻を溺愛していたこと。そしてその二人が、ともにとても美しい髪の持ち主であったこと……。

――豊かな髪の女性を愛した理由は――

それは、よく知っている。

気がつくと、工藤はコーヒー店に入ってからも帽子を脱ごうとしない。脱がなくとも中身についてはおおよその想像がつく。周治がこの前会ってから四年が流れているのだ。画伯の髪が濃くなっているはずはない。

――やっぱり老けたかなあ――

帽子の中だけではなく、表情そのものが老けている。もう六十代のなかばに近い。心労も多かったろう。工藤の二十代を知っているわけではないけれど、おそらく青雲の志を抱いてフランスへ渡ったバガボンド。そのフランスを捨て最後のすみかは、東京の賑わいの中、独り気ままに暮らすのが似つかわしい。工藤もそう感じて、そんな環境を選んだのだろう。

「あなたは、どうされているんです？」

と、話題が周治のほうへ向けられた。

「ええ、あい変わらず貿易協会に籍を置いてます。世界中を飛びまわってます」

「若いうちは、それがいいですよ」

「いや、もう若くはありませんよ」

次の誕生日が来れば周治も五十代に入る。三鷹《みたか》の郊外にちっぽけな一戸建てを建て、まだローンが残っている。妻はボランティアに精を出し、一人娘はいよいよ結婚をするらしい。なのに来年はイスタンブールに赴任することになるだろう。

「いや、いや、まだお若い」

「少し億劫《おっくう》になってきました」

「外国暮らしが？」

「ええ、まあ。生きること自体が億劫になったのかもしれませんけど」

「そんなこと言ってはいけませんよ。今度はどちらです？」

「多分トルコでしょう。イスタンブールで二、三年、それで最後かな」

「トルコには、何度もいらしてるんでしょ？」

「ええ、四、五回は。しかし駐在するのは初めてですから」

「行きたかったな、私も。絨毯《じゅうたん》にはいいものがあるんでしょ？」

「ええ、それはもういいものがあります。イランが有名ですけど、トルコもわるくありませんね」

「中国の緞子《どんす》を勧められたけど……」

「はい？」

「あれは材質はいいけれど、デザインがどうもね。みんなラーメンの丼みたいで」

「工藤さんの好みじゃないかもしれませんね」

「どちらかと言えば、ペルシャ系のデザインのほうが好きなんですけど、あれもゴテゴテしたのが多くて……」

「トルコの町を歩くと、イスタンブールでもイズミールでも、いろんな模様の品を売ってますよ。見て歩くだけで楽しい」

「お高いんでしょ？」

「いいものは高いですね。しつこく勧められるから〝空を飛ぶやつ、ある？〟って聞くんです」

「ああ、それはいい」

「すると〝今日はないけど、明日持って来るから〟って、ユーモアがありますね」

「いいですねえ、それは。もう少し現代的なデザインのものがあるといいんだけど……」

そう言われて周治は思い出した。

「あ、ありました。あれはカッパドキアのあたりだったかな。一枚だけほかとはちがうデザインの絨毯があって。バスタオルを広げたくらいの大きさなんですけど、値段は思ったよりずっと高い」

「ほう？」

「年取った店員が〝これは滅多にない、すばらしい品ですよ〟って勧めるんですけど」

「どんな模様なんですか」

「黒と白のチェックなんですよ、幅五センチくらいの格子模様」

「特に珍しいこと、ないでしょ」

「ええ、まあ模様としてはね。色が鮮明で、微妙にきれいなんですね。それにチェックって単純ですけど、人類が発見した美しさの典型でしょう」

「言えますね」

「でも、この絨毯が凄《すご》いのは、店の老人が説明してくれたんですよ。〝永久に色があせませんよ。これは黒い毛の羊と、白い毛の羊と、それを使って織ったんです。染めたのとはわけがちがいます。微妙な光沢はそのせいです〟って」

画伯の表情がなぜか急に変わった。驚きが浮き出している。

「お買いになった?」

「いえ、高すぎて。でも、今でも心残りですね。思いきって買ったほうがよかったのかなって」

「そうですか」

と画伯は深くため息をついてから、

「同じこと、考える人がいるんですね」

呟いてプロムナードを取った。帽子の下にハンカチより小さい布が……手作りらしい織物が置いてあった。

黒と金とのチェックを作って……。

「寒くなると、これが温かくて。行きましょうか」

「ええ……」

コーヒーを飲み干して外に出ると、ひどく冷たい北風が吹き抜けて行った。

# 迷路

あの怖い話は、徹《てっ》ちゃんから聞いたことなんだ。

徹ちゃんは昌司《しょうじ》より二つ年上で、家が近かったから小学生の頃はよく一緒に遊んだ。乱暴だったけど、根は親切だった。

でも、昌司は古いことをみんな忘れてしまう。頭の中で、はっきりしなくなってしまう。うれしかったことや怖かったことだけは覚えているけれど、だれがそばにいたのか、なぜそうなったのか、こまかいことは思い出せない。だから、あれは徹ちゃんではなかったのかもしれない。

徹ちゃんは気味のわるいことをやって人を驚かすのが好きだ。

「これが苛性《かせい》ソーダだぞ」

白い、氷砂糖みたいな粒がたくさん瓶に入っている。

「なに？」

「知らんのか。凄《すご》いぞ」

三十粒くらい水に溶かして青蛙《あおがえる》を放り込んだ。

三日たったら水がドロドロになって青蛙が消えていた。青い水と、ベチャベチャした芥《ごみ》だけだ。とても不思議だった。

それよりもっと前……怖い話というのは、徹ちゃんのお姉さんの話だった。

徹ちゃんの家は昔はとても貧乏で、子どもが生まれても育てられない。

「このごろはやらんけどな、昔は、どこの家でも殺してたんだ。生まれて、すぐにな……。間引きって言うんだ。昔っていっても、ずーっと昔だぞ。百年以上も昔。江戸時代だ」

徹ちゃんの家も今は貧乏じゃない。だから間引きをしない。

お姉さんが赤ちゃんを産んで、ある晩、散歩に出た。

赤い月が出ていた。

だれも通らない道を歩いていると、急に気味がわるくなった。うしろから……すぐ近くで呼ばれたような気がした。

――背中の赤ちゃんかしら――

紐《ひも》を解《ほど》いて前にかかえ、赤ちゃんの首を支えたとたん、お姉さんの体が震えた。

――どうして――

覚えがないことなのに、昔、赤ちゃんの首を絞めて殺したことがはっきりと頭の中に浮かんできた。

赤ちゃんが厭《いや》な目つきで笑っている。

「いひひひ」

と徹ちゃんは話しながら笑った。同じ声で、

「俺を殺した晩も、こんな赤い月だったな」

と厭な目つきを実演して見せた。

あのときは本当に怖かった。

徹ちゃんは恐ろしげな目つきで言ってから、

「姉ちゃんの赤ん坊は間もなく死んだけど……。お前、遺伝を知ってるか」

「ううん」

「なんも知らんのだな。祖父《じい》ちゃんや父ちゃんに、顔とか性格が似てたりするだろ。ここが父ちゃんに似たところ、ここが母ちゃんに似たところ、歌まであらあ。父ちゃんの足が速けりゃ子どもも速い、母ちゃんが美人なら娘も美人だ。血の中に同じもんが流れてるんだ」

「うん」

それなら聞いたことがある。

「ずっと昔の先祖だって、死んでるからわからんけど、みんな似てるんだ。自分の顔や

性格を子孫に伝えている。それが遺伝よ」

「おれ、父ちゃんに似てるんだと」

父ちゃんは前に死んで、昌司はずっと母ちゃんと二人で暮らしている。

「だからよォ、先祖の人がやったことも遺伝するんだ、頭の中に」

と、徹ちゃんは指で自分の頭を突つきながら真面目な声で言った。

「どうして？」

「先祖のだれかが人殺しをしていれば、それが頭の中に伝わる。けど、しばらくは隠れている。あるとき、ヒョイと出てくるんだ。うちの姉ちゃんがそうよ。自分でやったことじゃないのに、急に思い出したんだ」

「うん？」

昌司はコックリと頷《うなず》いた。

徹ちゃんの言ってることが、よくわかった。

——そうなんだ——

一人になって、もう一度納得した。

二年か三年か、そのくらい前のこと、大雪が降った。庭に一メートルくらい積って、低い塀なんか簡単に越えられる。嘘《うそ》じゃない。本当だ。でもあとのことはみんな、ぼやけている。

昌司の家は庭が広い。すみっこにずっと使われていない古井戸がある。雪のあと昌司は庭に出て、古井戸の上に落とし穴を作った。

二時間くらいかかった。

──凄いぞ──

雪だまを落とすと井戸の底までストーンと落ちていく。

鍋の蓋みたいな丸い雪の板を作り、てっぺんの穴を端のほうから少しずつ塞いでいく。穴がだんだん小さくなる。すっかり見えなくなったら、上に雪の粉を散らし、長靴を脱いで足跡をつける。雪の落とし穴は、いつもこうやって作る。

「なにしてるの?」

ちょうどできあがったとき、女の子が塀を越えて入って来た。

どこの子かわからない。

山田屋《やまだや》の前で何度も何度も百円玉を入れてオバQの乗り物に乗っていた。最近引っ越して来たばかりの子らしい。

「ちょっと来いよ」

「なにすんの?」

「いいもの見せてやっから。そこ。来いよ」

と、雪の上の道を指して落とし穴のほうへ呼んだ。

女の子は赤い長靴を蹴って走って来た。おかっぱ頭。人形みたい……。本当に人形だったのかもしれない。

「あっ」

小さい声を出した。

手品みたいにスイと消えてしまった。

バシャンと水音が聞こえた。

——やった——

うまくいきすぎて、昌司は自分でもどうしていいかわからない。

——どうせ失敗するから——

たいしたことにはなるまい、と思っていた。いつもそうだから……。

女の子は消えたっきり助けを呼ぼうともしない。近づいて、こわごわ覗《のぞ》いてみた。

よくは見えないけれど、なにも動いていない。水の中に、洋服が洗濯物みたいに浸《つ》かっている。人形が落ちてるように見える。

「おい！」

と、呼んでみた。

答えない。

動かない。

「生きてんのか」

自分のほうが怖くなって震えてしまう。

――どうしよう――

いくら覗いても様子が変わらない。

急いで家の中へ戻った。

「母ちゃん」

いるはずのない母ちゃんを呼んでみた。母ちゃんは製紙会社の食堂に出てるから、昼間はほとんどいない。

「だれもいないんだろ？」

しんとしている。家に戻ったのは懐中電灯を持ち出すためだった、と気づく。

食器棚の引出しに入っている。

取り出してスイッチを押す。スーパーライト。とても明るい。急いで落とし穴へ戻った。雪の上に腹這《はらば》いになり、懐中電灯で穴の底を照らした。

やっぱり洗濯物みたいだ。母ちゃんがバケツに作業着を突っ込んだときとおんなしだ。洋服ばっかかりで顔が見えない。下向きになって水の中に浸かっているんだ。

――人形ならいいんだけど――

と思った。

しばらくは声を掛けたり、雪だまを作って投げつけたり……物干し竿《ざお》を持って来て突っこうとした。

でも、物干し竿が届かない。井戸は思ったよりずっと深い。女の子は落ちたとたんに死んでしまったらしい。

――どうしよう――

震えが止まらない。

母ちゃんに見つかったら大変だ。

人に知られたら、ひどいことになる。

シャベルを握っていた。

雪を掬《すく》って穴の中に投げ込んだ。

――隠さなくちゃあ――

まっ白になっていた頭の中が、隠すことでいっぱいになった。夢中になって雪を放り込んだ。ほかのことはなにも考えない。考えると怖いから……。何度も休んだ。ヘトヘトに疲れた。

穴は底のほうだけが雪で埋まった。もう底には雪しか見えない。

母ちゃんが帰って来たとき、

「なに、してたの？」

「うん？　雪だるま作ってた」

ご飯を食べ、テレビを見て、いつもと同じくらいに眠った。

次の日から急に暖かくなった。

雪がどんどん融《と》ける。

一人で考えていると、

──本当のことかなあ──

とても信じられない。夢だったような気がする。人形かもしれない。井戸を覗くのが怖かった。覗いてみても底のほうに雪が詰まっているだけだ。ほかにはなにも見えない。

三日経《た》つと庭の雪が消えた。

井戸の底の雪も融け始めた。上から見ると雪が随分減っている。

──今にわかる。今に死体が見えてしまう──

人に気づかれるより先に、なんとかしなくてはいけない。

五日目の朝、

──今日は見えるぞ──

すっかり雪が融けている頃だ。

そっと首を出してみると、雪がない。黒い水だけだ。でも、女の子の姿も見えない。

洗濯物もないし、人形もいない。

石を放り投げてみた。

ドボン、と沈んでいく。

五はつ投げ込んでみたけど同じことだ。

――変だな――

女の子は水の底に沈んでしまったのだろうか。

それからは朝晩覗いた。そのたびに石を投げ込んでみた。

少しも変わりがない。

女の子は消えてしまった。


――あれ、本当のことだったたかなあ――

日にちが経つにつれ、わからなくなった。

最初から夢みたいな気がして仕方がなかった。あんなに凄いこと、簡単にやれるわけがない。いつまで経っても女の子の死体は見つからなかった。本当に消えてしまったんだ。

――自分で井戸から這い上がって、家に帰ったのかな――

と思った。

──俺なら、そうする──

だったら今に呼び出しがかかる。心配したけど、それもない。

──やっぱり夢なんだ──

一年経っても、なんの変化もないんだからほかに考えようがない。

──変だなあ──

昌司は、よくわからないまんま、ずっと不思議に思い続けた。

でも、わからないことなんか、ほかにもたくさんある。いちいち考えていたら大変だ。

そのうちに頭の中がすっかりぼやけてしまった。

だから徹ちゃんから遺伝の話を聞かされたとき、とても怖かったけれど、

──それだ──

と思った。

少し前に、青蛙が溶けるのを見せられ、

──井戸水の中にもおんなじソーダが入っているのかな──

と考えたけど、ちがうような気がする。井戸水は飲むための水だ。そこに、そんな薬が入っていたら、飲んだ人は大変だ。胃袋が溶けてしまう。

遺伝のほうがわかりやすい。

——だれか先祖の人が、女の子を井戸へ落として殺したんだ——

殺した人はとても怖かったからそのことが頭にこびりつく。それが記憶として子孫に伝わるんだ。

徹ちゃんのお姉さんは本当に〝赤ん坊を殺したことがある〟って感じたらしい。赤ん坊が喋《しゃべ》る声まで聞いたんだから……本物だ。

徹ちゃんのお姉さんなら、赤ん坊を産んだことも、その子が死んだことも昌司はみんな知っている。おとぎ話なんかじゃない。本当のことなんだ。

三年、五年、十年と経つうちに、ますます記憶がぼやけてしまう。女の子を捜す貼り紙を見たような気もするけれど、見てたら母ちゃんに叱られた。貼り紙はなくした人形を捜してたのかもしれない。

——どういうことなんだ——

昌司は頭の中に、ずっとわけのわからない恐怖を隠していた。


風洞の話を聞いたのは徹ちゃんからではない。昌司には徹ちゃんのほかに仲のいい友だちなんかだれもいないんだけれど、風洞の話は徹ちゃんではなかった。

きっと、風呂屋の縁台……。うん、あれは……髪の毛と髭《ひげ》とが全部繋《つな》がっている高校の先生だ。高校の先生は中学の先生より偉いだろう。昌司は中学を出るとき、担任の先

生に、

「君は竹細工がうまいんだから、それを一生の仕事にしたらいい」

と言われた。

竹細工は、この町の古い産物だ。昌司は小さいときに覚えてずっと家で竹を編んでいる。業者が材料を持ち込み、出来上った籠や笊《ざる》を取っていく。お金を置いていく。それとはべつに三カ月に一回、父ちゃんが遺《のこ》してくれた年金がおりる。だから母ちゃんがいなくなっても生きていけるんだ。

竹細工はたった一人でやる仕事だから、気が楽でいい。朝は苦手だ。朝寝をして、昼過ぎから働く。厭なときはやらない。六時にやめて自転車で町の風呂屋へ行く。風呂から上がって映画のポスターを見ていると、

「風洞を知らんのかね」

高校の先生は、やっぱり人の知らないことをよく知っている。自販機の牛乳を飲みながら、まわりの人を相手に話していた。

「なんですか、それ」

「今でも、山のほうに行けばあるよ。地下に風の通り道があるんだ。迷路みたいに複雑に入り組んで……。中では冷たい風が吹いている。昔は腐りやすいものを入れておいて冷蔵庫の代わりにしていた。だけど、なんかの拍子に地下水が流れ込んでくる。そうな

ると、みんな持っていかれちゃう。重たいものでもみんな流して、あとはまた知らん顔して風の通り道に変わっている」

昌司はぼんやりと聞いていたが、次の日、片口籠を編みながら、

――うちの庭の下にも風洞があるんだ――

と、膝を打った。

井戸を覗くと、底のほうからいつも冷たい風が吹き上げてくる。風洞があるからだ。井戸の底に風の通り道が開いていて、いきなり地下水が流れ込んで来たら、たいていのものは持っていかれてしまう。

鉄砲水も地下水のはずだ。あれくらい勢いがあれば、人間の一人や二人、簡単に流してしまう。女の子なんかいちころだ。そのあとは知らん顔をして、また風の通り道に変わっている。そんな話だった。知らん顔というのが気に入った。古井戸の底も知らん顔をしている。

母ちゃんも「あの井戸は不思議だね。西瓜《すいか》なんかも消えちまうんだから」と、昌司の顔を見て薄笑っていた。

昌司は高校の先生の言葉を信用した。

とはいえ、徹ちゃんから聞いた遺伝の話も、すっかり捨ててしまったわけではない。昌司の頭の中に、どんよりと残っている記憶は、怖いけれども、だれかほかの人のやっ

たことが伝わって、こびりついているような感じだ。竹細工だって、なんの意識もないのに手がひとりでに動いていく。曽祖父《ひいじい》ちゃんが名人で、業者の人から、

「遺伝だな」

と、よく言われる。曽祖父ちゃんが昌司に乗り移って籠を編ませているらしい。昌司がぼんやりしていても、籠はいつのまにか出来上がっている。だから、

――女の子を陥《おと》したのも、そのせいだ――

と、この考えも捨てきれなかった。そのまま十年あまりが経った。

京子《きょうこ》はわるい女だった。

母ちゃんは「絶対に近づいちゃいけない」と言ってたけれど、向こうから近づいて来る。仕事場に来るのだから逃げるに逃げられない。

昌司だって、

――よくない女だ――

と、まるで考えつかなかったわけではない。

だけど、女の匂いをプンプンさせながら、そばに寄って来て、白い腿《もも》を見せたり、おっぱいに触らせたりする。我慢ができなかった。

そのうちに、父ちゃんが遺してくれた大事な年金を狙っていることに気づいたから、

大喧嘩《おおげんか》になり、
ドーン
と、胸を突いたら、そのまま横っ飛びに飛んで作業台の角に頭をぶつけ、目を白く剝《む》いた。引きつけを起こし、次には動かなくなった。様子がおかしい。普通じゃない。

——死んでいる——

生き返ったら、ただではすまない。

悪どいことをやる女だ。どんな仕返しを受けるかわからない。今までに何度もひどいめに遭わされた。意地悪をされた。それを思うと恐ろしい。

それよりも、なによりも、もう死んでいる……。死んだものは生き返らない。

夢中だった。

庭の古井戸には何年も前から外蓋をかぶせ重しを置き、簡単には開かないようにしてあったけれど、中はそのままだ。

重しをよけ、蓋を取り、中を確かめた。冷たい風が吹き上げてくる。水は涸《か》れているらしい。

京子を担いで運んで投げ捨てた。

体つきは細い。こういう作業はやりやすい。作業場のごみを集めて穴の上からたっぷりとかけ落とし、なにも見えないようにした。蓋を閉じ、重しを載せた。

京子が昌司のところへ来ているなんて、だれも知るまい。京子は初めから悪謀《わるだく》みがあって隠していたらしい。それとも、

「あんな男とつきあうわけ、ないでしょ」

人に知れたら恥とでも思っていたのか。いい気味だ。都合がよかった。

もちろん昌司は、

――死体が見つかるんじゃないか――

心配で、心配で、夜も眠られなかった。眠ると、わるい夢を見た。白い目で睨《にら》む京子は本当に恐ろしい。

日を置いて、井戸の蓋を開けてみた。

覗くと、ごみの位置がどんどん低くなっている。水も流れ込んできたらしい。

長い竿を差し入れて、突ついてみた。

死体の感じが竿を伝わって掌《てのひら》に届く。

――どうしよう――

仕方なしに、また蓋をしっかりと閉じた。

厭な匂いが溢《あふ》れ出してきたら厄介だ。

六日経って覗いてみると、様子が少し変わっている。なんだかおかしい。

あわてて竿で突ついてみた。

――ない――

かきまわしてみても……ない。

――消えてしまった――

どう捜しても、見当たらない。

――こんなことが、あるのかなあ――

とても信じられない。

しかし、前にもあったことだ。古井戸は投げ込まれたものを消してしまう力を持っているんだ。西瓜も消えたって言うんだから……。

風洞？

強い薬？

理屈はわからないけれど、京子が消えてしまったのは本当だ。生き返って這い上がったのだろうか？　ちがう、ちがう。京子はそのままおとなしくしている女ではない。絶対に復讐《ふくしゅう》をする。昌司のほうが今ごろ殺されているだろう。

竿を継ぎ足して長くし、もっと丁寧にさぐってみたら……井戸の水はそう深くない。せいぜい一メートルくらい。死体が沈んでいれば、必ずわかるはずだ。やっぱり消えてしまったんだ。

――なぜかなあ――

答がわからないまま年月が流れた。

――本当のことだったろうか――

疑問はそこへたどりつく。頭の働きに自信が持てない。

昔から本当のことと嘘のこととがゴッチャになる癖があった。いろんな夢を見て、しばらく経つと、それが本当にあったことのように思えてしまう。人に話しては、

「なに、てんごう言って」

と笑われた。

京子なんて、初めからいなかったのかもしれない。

――記憶の遺伝かな――

先祖の人なんか何人だっているわけだろう。大勢の中には女を殺した人だってきっといる。殺して井戸に投げ込むのは、昔の人がよくやることだ。皿屋敷の幽霊。「一枚、二枚、三枚……」、あれも井戸から出て来るんだ。昔の人の記憶がいつのまにか昌司の中に染み込んだんじゃあるまいか。

二年、三年と経って、なにも起きないと、ますますこの考えに傾く。

このごろは、ぼんやりとする度合いが強くなった。昔のことがよくわからない。厭なことは特にそうだ。

でも……これは怖い話だ。

——自分の頭の中に、知らない先祖の人がいて、いろいろ思い出させるなんて——これから先も、次々に恐ろしいことを思い出すんじゃあるまいか。


母ちゃんはいつも言っていた。

「いいかい。私《あたし》が病気で倒れて動けなくなったら、ちゃんと始末しておくれよ。本気で言うんだから、忘れないでね。あんたに私の世話ができるわけ、ないんだから。絶対に、だよ」

そのために使う薬までもらった。何度も何度も繰り返して言われた。母ちゃんの命令にはそむけない。

明日からお盆休みが始まるという朝、母ちゃんが突然、引きつけを起こして倒れた。そのまま眠ってしまった。

医者を呼んだが、

「しばらくは、このままですな。二、三日したら様子を知らせてください。お大事に」

昌司のことをジロンと睨んで、帰って行ってしまった。

母ちゃんは目を開けても、ボヤンとしている。立てない。這えない。手もよく動かせないらしい。口もきけない。昌司の言うことが聞こえるのかどうか、それもわからない。

寝たっきりになってしまった。

――このことだな――

母ちゃんが何度も言っていたことを思い出した。

それでもかわいそうだから一生懸命に世話をした。でも、ご飯は食べられないし、水を少し飲むだけだ。そのくせ、うんこやおしっこはものすごい。布団がベチョベチョになる。臭くてたまらない。

医者がまた来たけれど、

「お気の毒ですが、よくなることは期待できませんな。大変でしょうが、せいぜい頑張って親孝行をしてあげてください。入院させるところもありますけど、お金がかかるからね」

と、また、昌司を疑わしそうに見つめて帰って行った。

母ちゃんは、なにも喋れないのに、一日に一回くらい、目つきがしっかりするときがある。昌司を睨んで命令をする。

「さあ、早く」

そう言っている。聞こえなくても、わかる。

でも、すぐにまたトロンとした目つきに変わってしまう。最後の力を振り絞って催促をしているんだ。

——どうしよう——

母ちゃんからもらった薬は鼠《ねずみ》を退治するのに使ってしまった。残りをどこへ置いたか忘れてしまった。どこを捜しても見つからない。

母ちゃんの目がまた叱る。

本当に……世話なんか、できそうもない。この先、どうやっていいかわからない。

薬はどこへやったろう。

迷いに迷って首に紐をかけた。

紐の跡が赤くはっきりと首に残った。だれが見たって、

「殺したんだね」

すぐにばれてしまう。警察に連れて行かれる。

——大変だ——

やっぱり、あの井戸しかない。まるで手品みたいに投げ込んだものを消してくれるんだ。理屈はさっぱりわからないけれど、いつもそうだった。

「母ちゃん」

声をかけ、手を合わせ、肩に担いだ。

軽かった。

今晩も月が少し赤味を帯びている。

京子のときはどうだったろう。思い出せない。月が赤いのと死体が消えるのと、なにか関係があるんだろうか。

――赤い月だ――

母ちゃんはストンと井戸の底へ落ちていった。パチャッと水音が聞こえた。

井戸の水は少ないようだ。母ちゃんは頭を上にしてこっちを見ている。懐中電灯の光を当てると顔がよく見えた。母ちゃんの目つきは優しい。

「これでいいのよ」

そう言っている。安心した。

ベニヤ板を丸く切って、まん中に長い紐をつけた。上から垂らして井戸の底が見えないようにした。厳重に外蓋を閉じた。業者が来て、

「お母ちゃん、どうしたね?」

「知り合いの病院へ預けた」

つきあいが少ないから疑う人なんかほかにいない。

毎晩、井戸を覗いた。外蓋を開け、ベニヤ板を引き上げて底を確かめた。

赤い月が少しずつ大きくなる。

赤味を増す。血の色のようだ。

母ちゃんはあい変わらず井戸の底から見上げている。

初めのうちは優しい目つきだったけれど、三日もすると、目はもうなにも言わない。白く濁ってブヨブヨと水に浸かっている。頬《ほ》っぺたは灰色になって触ればベロンと剝げそうだ。

暑い日が続いている。

夜になっても暑さは弱まらない。

腐った匂いが井戸の底から湧き始めた。

月がどんどん大きくなる。ますます赤くなる。

――もう死体が消える頃だ――

今まではそうだった。

毎晩そう願いながら井戸の蓋を取った。

――いつのまにか消えてしまい、そのままなんにも起きない。みんな先祖のだれかがやったことなんだ――

昌司の中にそれが伝わっているだけだ。

――今夜こそ――

と、蓋を取った。

厭な匂いが吹き上げてくる。

井戸の底いっぱいに顔が膨らんでいる。大きなお面みたい。化け物のお面みたい。膨らんだまましみをつくり、とろけている。母ちゃんの化け物だ。

――なぜなんだ――

昌司は、真実、恐怖で震えた。いつまで待っても、いっこうに消えてくれそうもない。

それでも昌司は待ち続けた。

母ちゃんが死んでしまったら、もう、だれも体を張ってまでして昌司の不始末をかばってくれる人などあろうはずもないのに……。

# 解説

諸田玲子

だれも皆、小さな謎と共に生きている。言いかえれば謎は日常の中に潜んでいて、思わぬときに顔を出し、私たちをぞくりとさせる。

阿刀田さんは、ありふれた日常の風景から、まるで手品師がハンカチの下から鳩《はと》や兎《うさぎ》を出してみせるように、謎を取り出してみせる。当代一の短編の名手にかかると、謎解きのカードを抜いたつもりが、幻想や恐怖、シニカルな笑いや、ときには入れ子の箱のようにどこまで開けても尽きない謎にすりかえられていて、あっと驚くことになる。

本書には十一の短編が収録されている。便宜上ミステリーとしてくくられているけれど、いわゆる謎解きの推理小説だけでなく、むしろミステリーのもうひとつの根源的な意味である〈神秘や不可思議な出来事〉を描いた短編が集められている。

日常の中に……というと、真っ先に身近な人——妻や夫や恋人——を思うにちがいない。男と女はいちばんの謎でもあるわけで……。本書にも夫が妻の不可解な行動を探ろうとする短編がある。妻はなぜ薔薇《ばら》を配って歩くのか（「薔薇配達人」）。なぜ毎年冬のひと夜、行先不明の外泊をするのか（「女系家族」）。妻ではないものの初詣でで再会した女友達の豹変《ひょうへん》ぶりに疑念を感じる敏樹（「初詣で」）や、愛犬を亡くした友人の結婚相手に意表をつかれる恵子（「愛犬」）も、旅先のアバンチュールのつもりが女の秘めたる激情に震撼《しんかん》する恒平（「爪のあと」）も、よく知っているはずの人物の顔の裏に隠されたもうひとつの顔――人間という謎――に啞然《あぜん》とする。

身近というほどではないが「二人の妻を愛した男」も、別の顔を目の当たりにするという意味では同様である。主人公の周治はかつてフランスで知り合った男とばったり出会う。プロムナードを小粋にかぶった、おっとりと人のよさそうな画伯だ。忌まわしい事件が起こるわけでも、画伯が豹変するわけでもない。ただ、最後に周治がはっと気づく小さな事実で、それまでの認識が見事にくつがえされる。その一瞬、怪異譚《かいいたん》のように背筋がすーっと冷たくなって、阿刀田さんの奇術にまんまと嵌《は》められてしまう。

阿刀田さんは本書で、最大の謎は人――人の心の内にあるのですよ、と語りかけているのではないか。大げさな謎解きでも、おどろおどろしいホラーでもなく、私たちのまわりに転がっている怪異、それによって呼び覚まされる戦慄、それこそがミステリーなのだ、と。短編をひとつ読み終えるたびに本を置き、思わず身近にいるだれかをじっと見つめてしまうのは、私だけではないはずだ。

謎の正体はもちろん、人間とは限らない。死神だったり、死んだ夫（「花あらし」）だったり、死人の体の一部（「白い蟹《かに》」）だったり……。そうした異形のものが、特別なシチュエーションではなく画伯がひょいと帽子を取るように、さりげなく日常の隙間からあらわれるところが恐ろしい。

十一篇《ぺん》の中で、「白い蟹」の舞台だけが異国の地である。ロシアのエカテリンブルグ、ナキア女子修道院。背景には世に名高いロマノフ王朝終焉《しゅうえん》にかかわる惨劇がある。取材のために修道院を訪れ、ひと夜を過ごすことになった彩子は、夢か現《うつつ》か、それともウオッカの酔いだろうか、異様な体験をする。霧の中に浮き上がる煉瓦《れんが》造りの古い館、ステンドグラスで飾られた高い天井の図書館、宝石箱のように分厚い蔵書、月光をあびた庭に蠢《うごめ》く白い蟹、いや、それは……。夢かと思った光景が現実だったと確信するのは、彩子が帰路についたときだ。この先は興をそぐといけないので書かないが、この短編でも阿刀田さんは衝撃の結末を用意している。しかもそれは、謎解きで一件落着ではなく、読了後も曖昧模糊《もこ》としていて妖しく悲しく、読者の胸をしめつける。

妖しく……と書いたが、これには色彩も大いにかかわっているように思う。一本の薔薇も、山を覆う花吹雪も、宝石が象嵌《ぞうがん》されたグリーンの革表紙の本も、深夜の庭で蠢く白い生き物も、読者の眼裏に鮮やかな映像となって浮かび上がる。色や匂いや触感までが紙面から立ち上がって、読者の五感に訴えてくる。

ちょっと話はそれるが、阿刀田さんの奥様は朗読を教えていらっしゃる。私も何度か舞台で拝聴しているが、そのたびに小説を耳で聴くことの楽しさを堪能《たんのう》させていただいている。奥様がご主人の短編を読まれるとはなんて素敵なことだろう。それはともあれ、奥様の熟達した芸はここではさておいて、阿刀田さんの短編は耳に心地よく、鮮やかな映像を結びやすい。平易なのに研ぎ澄まされた文章、文体のリズム、シチュエーションの妙、それになんといっても印象深い色づかいが朗読をより豊かなものにしている。

さりげない日常の謎は、ときに重苦しい現実を突きつける。「犬を飼う女」と「迷路」は「白い蟹」と同様、のっけから私たちを謎めいた濃霧の中へ放り込んで、惑わせ動揺させる。主人公は片や夢想癖のある孤独な女、片や常人とは少々異なる、記憶が長くつづかない男の子だから、どこまでが本当のことなのか。妄想か現実かの判断もつかないままに二転三転、謎は果てしなく深まってゆく。なんとも不気味な雰囲気。しかも謎が解けるラストでは、文字どおり背筋が凍りつく。とりわけ「迷路」は恐ろしかった。

最後に「土に還《かえ》る」にもふれておこう。不思議な味わいのある短編だ。私の勝手な憶測かもしれないけれど、阿刀田さんの死生観の一端を覗《のぞ》かせてもらったような気がした。舞台は京都の大原である。主人公の晴樹は初対面の初老の男に、寂光院から阿弥陀寺へつづく道で奇妙な話を聞かされる。仏像と人の心、大地と自然、放浪の旅、世捨て人……。悟りとはどういうことか。人はどこから来てどこへ還ってゆくのか。詳細は読んでいただくとして、生と死の意味——輪廻《りんね》——が、森閑とした古都の寺と仏像を媒介として、深く静かに、万感の重みと共に胸にしみこんでゆく。

そう。十一の全短編を通して流れているのは、生と死という究極のテーマである。いずれの短編でも死者が重要な役割を果たしている。あるいは主人公自身に死が忍び寄っている。私たちもしかり。本当は死の影に怯《おび》えている。生の隣に死があることを知りながら、知らぬふりをして暮らしている。でも気づかないふうを装っているだけで、だれもがわかっているのだ。そんな死への恐怖を、阿刀田さんはひょいとカーテンの端をめくって垣間見せてくれる。だから怖い。だから切ない。そのくせ読了後は〈なるほど〉とうなずいている。

さて、後先になってしまったけれど、きわめつきの手品——。

いずれの短編も深遠なものがつまっているのに、そして随所で冷たい手に背中を撫《な》でられる怖さがあるのに、本書はするすると愉《たの》しく読める。軽妙な語り口が心地よい。露悪的になったり、べたついて重苦しくなったりしてもおかしくないのに、上品でシニカルで、都会の（ソフィスティケイトされた）香りを堪能させてくれる。これって、どんな魔術だろう。

阿刀田さんには古今東西の名著を解説した著書が多数ある。シェイクスピアやチェーホフから旧約聖書や源氏物語、谷崎潤一郎まで、博覧強記ぶりには舌を巻く。しかもその豊富な知識を易《やさ》しくかみくだいて教えてくださる。コーランをおもしろく読ませるなんて、余人には真似《まね》の出来ない芸当だ。それが軽々と出来てしまうのも、短編の軽やかさと同様、阿刀田さんご自身にそなわったオーラのせいとしか考えられない。

上質なジャケット姿、粋な帽子をかぶって、いつも穏やかな笑みを浮かべていらっしゃる。声を荒らげることなく余裕しゃくしゃく、ときおり辛辣な、あるいは諧謔《かいぎゃく》めいた言葉をサッと口にされるけれど、そんなときでも双眸《そうぼう》は優しく微笑《ほほえ》んでいて、決して人を傷つけない。阿刀田さんはそう、生粋のジェントルマンなのだ。

これから本書を読まれる皆さんは、阿刀田さんの手さばきから何が飛び出すか、大いにご期待下さい。そして読了後の皆さんは――阿刀田さんの手のひらの上で、今しばらくごいっしょに、妖しい謎につつまれた最上の時を過ごしましょう。

（もろた・れいこ　作家）

本書は、集英社文庫のために編まれたオリジナル文庫です。

〈出典〉

『薔薇配達人』「ストーリーの迷宮」文春文庫二〇〇八年十二月刊所収
『花あらし』「花あらし」新潮文庫二〇〇三年六月刊所収
『犬を飼う女』「黒喜劇」文春文庫二〇〇五年六月刊所収
『白い蟹』「花あらし」新潮文庫二〇〇三年六月刊所収
『女系家族』「影まつり」集英社文庫二〇一〇年三月刊所収
『初詣で』「佐保姫伝説」文春文庫二〇一二年四月刊所収
『土に還る』「コーヒー党奇談」講談社文庫二〇〇四年八月刊所収
『愛犬』「こんな話を聞いた」新潮文庫二〇〇七年九月刊所収
『爪のあと』「おとこ坂おんな坂」新潮文庫二〇〇九年十一月刊所収
『二人の妻を愛した男』「影まつり」集英社文庫二〇一〇年三月刊所収
『迷路』「花あらし」新潮文庫二〇〇三年六月刊所収

JASRAC　出2108619-101

中扉デザイン　清水栞

阿刀田高の本

## 影まつり

生きる事の哀歓、奇妙な出来事、不可思議な恐怖……。現代日本に生きる男女の人生と日常の断面を鮮やかに切り取る12の物語。人生の深奥と極上の小説の面白さに充ちた名作集。

集英社文庫

阿刀田高の本

## 私が作家になった理由

早稲田大学文学部から国会図書館勤務、文学賞を受賞して作家になる。小説家になる典型コースを歩んだが、実は志したことはなかったのだ。瑞々しい文章で綴った自伝的エッセイ集！

集英社文庫

集英社文庫

赤《あか》い追憶《ついおく》 阿刀田高傑作短編集《あとうだたかしけっさくたんぺんしゅう》

2021年11月25日 第1刷 定価はカバーに表示してあります。

著者 阿刀田《あとうだ》 高《たかし》

発行者 徳永 真

発行所 株式会社 集英社
東京都千代田区一ツ橋2-5-10 〒101-8050
電話 【編集部】03-3230-6095
【読者係】03-3230-6080
【販売部】03-3230-6393(書店専用)

印刷 大日本印刷株式会社

製本 ナショナル製本協同組合

フォーマットデザイン アリヤマデザインストア マークデザイン 居山浩二


ISBN978-4-08-744317-2 C0193